2 1 APR 2005

D1494662

Trwy'r Tywyllwch

Elfyn Pritchard

GOMER

ar ran Llys yr Eisteddfod Genedlaethol

Argraffiad cyntaf—2001

ISBN 1 84323 029 1

Dymuna'r cyhoeddwyr gydnabod cymorth Cyngor Llyfrau Cymru.

Argraffwyd yng Nghymru gan
Wasg Gomer, Llandysul, Ceredigion

Fe gododd haul gwannaidd y gaeaf am hanner awr wedi wyth y bore 'ma. Mi wn i hynny am imi ei weld. Mi welais i'r rhimyn cyntaf o oleuni yn gwynnu'r gorwel uwchben Coed y Fronallt. Am y tro cyntaf ers wythnosau mi agorais i lenni'r ffenestr sy'n cyfeirio tua'r dwyrain i ddadlennu rhyfeddod y wawr. Am y tro cyntaf ers wythnosau lawer mi eisteddais i fyny yn y gwely yn hytrach na chladdu fy mhen dan y dillad i gadw bysedd oerion diwrnod newydd rhag cydio ynof.

Doedd profiadau'r oriau cyntaf neithiwr yn ddim gwahanol i'r rhai yr ydw i wedi arfer efo nhw dros y misoedd diwethaf yma. Do, fe ddaethon nhw – lleisiau'r nos i 'mhoeni, yn dryblith ansoniarus, yn gorws annisgybledig:

'Wela i di mewn pythefnos.'

'Fi oedd yn dreifio'r lorri.'

'Ddysgaist ti mo'r wers.'

'O, Gwennol, ble'r wyt ti?'

'Wyddost ti ddim be ydi'r dynamo sy'n gyrru neb ohonom.'

'Nid mwy o ffrindiau ond mwy na ffrind.'

'O, Gwennol, ble'r wyt ti?'

'Dwyt ti wedi newid dim . . . y creadur bach pathetig.'

'Dyw casineb yn lladd neb ond ei berchen.'

'Be wyddost ti am gariad? Chest ti rioed yr un – na chariad na gwraig.'

Y frawddeg ola 'na, yn fwy na'r un. Hon oedd thema ailadroddus consierto'r lleisiau. Hon oedd yn dyrnu yn fy mhen. Am mai fi a'i llefarodd. A hynny wrth fy nghyfaill pennaf.

A'r frawddeg hon oedd mynegbost llwybr fy achubiaeth. Nid condemniad rhywun arall arnaf, ond fy nghondemniad fy hun. Nid lleisiau'r gorffennol yn fy nghyhuddo ond fy llais fy hun. Nid lleisiau bro'r hunllefau a'r breuddwydion, ond llais y presennol real.

Ac fel y cerddai'r nos yn ei blaen, fe newidiodd pethau. Wedi dyddiau ac wythnosau a misoedd, yn wir, na allaf yn iawn eu cyfrif na rhoi cyfrif amdanynt; wedi cyfnod maith o dryblith meddyliol, o suddo i'r gwaelod, o fodoli mewn byd o ddryswch a ffantasi; wedi imi aredig tir diffaith fy mywyd hyd y dalar; neithiwr, yn nhrymder nos, daeth lleisiau newydd mwy cymodlon i seinio'n uwch na'r lleisiau aflafar.

Dychwelodd gŵr y gamfa, gŵr y gors. Nid yn satan, nid yn demtiwr, nid yn farnwr, ond yn gyfaill addfwyn ei dôn a charedig ei eiriau.

Pam neithiwr, tybed? Ai am imi benderfynu mynd i gysgu heb help y tabledi a roddodd y meddyg i mi? Roeddwn i wedi eu cymryd yn ddeddfol am fod hynny'n amod cael gadael yr ysbyty. Ac roedd yn rhaid i mi gyfaddef eu bod wedi sicrhau i mi o leia ambell awr o gwsg gweddol dawel, di-hunlle, di-leisiau. Pam neithiwr, tybed? Wn i ddim. Does gen i ddim ateb i'r cwestiwn. Wedi misoedd o drafod â mi fy hun, o fyfyrio, o ddadansoddi, o ddiodde hunllefau, o glywed lleisiau, does gen i ddim ateb, does gen i ddim i'w ddweud, dim ond mai felly y mae hi.

Ond, yn sicr, fe ddychwelodd y gŵr, os mai'r un gŵr oedd o. Roedd o'n ddiwyneb fel y llall, ond roedd ei lais yn feddalach a'i eiriau yn eiriau cysur, nid gwae. Dywedodd wrthyf fy mod wedi cyflawni fy mhenyd, fod fy nghosb ar ben, fy mod wedi talu'r pris. Arhosodd o ddim yn hir y tro yma; wnes innau ddim dadlau â fo. Fe ddaeth yn ddisymwth a diflannodd yr un mor sydyn.

Ond roedd mwy i'r wyrth nag ymweliad y gŵr. Clywais lais Ieu, y cyfaill y bûm mor llym fy ngeiriau wrtho, un a drywanwyd at yr asgwrn gan finiogrwydd fy nweud, yn fy nghymell, yn fy annog i sefydlu fy mywyd ar gariad yn hytrach nag ar atgasedd, ac wrth ei glywed, llifodd ffrwd fy nghasineb at Shirley, carthion fy meddyliau, allan ohonof a'm gadael wedi fy nglanhau.

Ond roedd mwy i'r wyrth na'r glanhau ymenyddol. Roedd y lleisiau croch fu'n gymdeithion imi, yn fy nghyhuddo a'm gwawdio, fy sarhau a'm poenydio, wedi distewi. Ac i lenwi'r distawrwydd a adawson nhw ar eu holau, fel eco pell i goridor fy hiraeth, fe ddaeth llais arall ar draws y misoedd maith o alar a thorcalon; llais y gweinidog, ei lais yn angladd Gwennol yn datgan ag angerdd difrifddwys, 'Gollyngwch hi! Gollyngwch hi! Gadewch iddi fynd!'

Mae gen i frith gof fod pawb wedi synnu ato y diwrnod hwnnw – synnu y gallai sôn am ollwng ar ddiwrnod claddu'r marw, ar ddiwrnod y dyheu mawr i ddal gafael; ar y diwrnod lle mae'r ymlyniad

7

mor dynn, lle mae pob atgof yn faeth, pob cof yn gynhaliaeth. 'Hawdd gweld nad oes ganddo fo blant' oedd yr adwaith gwawdlyd. Ond ei lais ef yn anad neb a dorrodd trwy amdo trwchus fy mhruddglwyf, a'i eiriau ef a anadlodd anadl einioes yn esgyrn sychion fy ngobeithion. Ie, y fo, un y byddai'n rhaid iddo yntau weithredu'r act o ollwng cyn bo hir. Ac yn nyfnder nos y daeth.

Pan godais ac agor y llenni i adael goleuni gobeithiol bore newydd i mewn i fedd tywyll fy llofft, fe'i gwelais – aderyn unig yn codi i'r awyr ac yn hedfan tua'r wawr; symbol o'm Gwennol i yn ehedeg i'r anfarwol fyd. Gwennol yn cael ei gollwng. Gwennol yn rhydd o'r cadwynau afresymol a luniwyd gennyf fi i geisio'i chadw yma.

Mor wahanol oedd y bore hwn i ddechrau arferol fy nyddiau. Am y tro cyntaf ers blwyddyn bron, ar wahân i gyfnod byr ganol haf pan geisiwn berswadio Gwennol i ddychwelyd ataf, teimlwn gywilydd wrth weld y llanast, y blerwch, y budreddi, a chywilydd mwy wrth fy ngweld fy hun yn y drych. Clywais lais Ieu drachefn yn fy ngwawdio – 'Be wyt ti, dwed, lwmp o hunandosturi neu dalp o ragfarn a chasineb? Dyma ti wedi byw fel meudwy am dros flwyddyn, wedi cau pawb allan o dy fywyd, yn flêr a budur a drewllyd, yn byw mewn tŷ sy fel twlc mochyn. Edrych arnat dy hun, edrych o dy gwmpas. Edrych ar y tŷ y byddai Gwennol yn ei gadw mor daclus, mor gymen, y tŷ roedd gen ti gymaint o feddwl ohono a balchder ynddo fo er pan brynaist ti o. Rhys, rwyt ti'n blydi pathetig.'

8

Do, fe'm rhegodd! Ieu, y dyn parchus, y cyfaill ffyddlon, y canol llonydd yn fy myd tymhestlog! Daeth cywilydd drosof fel ton, ond am y tro cyntaf hefyd roedd sioncrwydd a bywyd yn fy ngham.

Fe ddeuai'r tacluso yn y man, ond nid ar hyn o bryd. Roeddwn i ar frys. Roedd yn rhaid i mi weithredu tra daliai'r llais i'm cymell. Hon oedd y neges y dylswn i fod wedi gwrando arni o'r dechrau. Nid neges, yn wir, ond gwŷs, gwŷs i ollwng Gwennol. A minnau wedi gadael i ysbrydion a chenhadon bro'r tywyllwch reoli fy meddwl a chyfeirio fy llwybr.

Oedd, roedd bywyd yn fy symudiadau, ac er nad oedd fawr o raen ar ddim erbyn hyn, roeddwn i'n gweld pob llestr a chelficyn yn sgleinio mwy, yn clywed y lleisiau ar y radio yn fwy clir nag arfer, y parablu yn fwy perthnasol a'r caneuon yn fwy persain. Roedd ystyr newydd i hen gân Edward H. – 'gad im ddod o'r nos yn rhydd . . .' Roeddwn innau'n brysio, fel petai gen i drên i'w ddal, yn clecian drysau cypyrddau ac yn clindarddach llestri. Ar frys am fod yn rhaid i mi ddygnu arni. Dygnu arni i ollwng Gwennol, i adael iddi fynd yn rhydd fel yr awel, fel yr aderyn a welais i drwy'r ffenestr . . .

TACHWEDD 2 1998

Peth rhyfedd ydi cysgod. Mae'n cael effaith hynod ar liw a golau, ar naws a thymheredd. Ni ddaw fyth heb ei gymdeithion, ias o'r cynfyd a gwynt oer, bygythiol. Ac mae'n dod mor ddisymwth. Heulwen lachar un funud; bywyd yn braf, yn garedig, yn orawenus; y funud nesaf fe ddisgyn y cysgod fel llen ar bopeth, ac nid y corff yn unig sy'n teimlo'r ias. Mae'n treiddio ymhellach na hynny, yn ddyfnach na mêr yr esgyrn, i diriogaeth y meddwl a'r ysbryd.

Teimlad felly a gaf bob tro y byddaf yn cerdded ar hyd y ceunant ger fy nghartref. Haul tanbaid ar y dolydd breision, cynhesrwydd anwesgar ei belydrau yn foethus ar fy nghorff, ac yna'r disgyn ar hyd y llwybr serth i lawr at yr afon, lle mae'r dŵr yn trochioni yn erbyn cerrig, lle mae'r drain a'r mieri yn cordeddu am ei gilydd, a lle mae'r cysgod. Prin ganllath o'r heulwen y mae bro'r tywyllwch. Yno mae'r glaswellt yn llwyd a briw, yn hanner byw, yn ddiraen, yn ddi-liw.

A diwrnod disgyn yn bendramwnwgl i'r ceunant fu heddiw i mi.

Doedd dim yn wahanol i'r arfer yng ngwawr y bore; y tŷ yn dawel, yn deffro yr un pryd â mi, yn graddol ystwyrian i wynebu diwrnod newydd. Minnau'n gorwedd yn fodlon yn y gwely, dim pwysau gwaith, dim cloc i hawlio 'mod i'n codi, dim rhuthro i gadw cyhoeddiad. Bywyd bodlon yr ymddeoliad cynnar, cyn penderfynu yn iawn faint o waith i ymgymryd ag o. Ar fy mhen fy hun, ond nid yn unig. Yn ail-fyw'r oriau hyfryd a dreuliais gyda Gwennol. Hithau'n llawn bywyd fel arfer, yn debyg i fel y byddwn i pan oeddwn i'r un oed â hi. Hawdd gweld y tad yn y ferch. Treuliodd y rhan fwyaf o'i phenwythnos yn twtio'r tŷ, er nad oedd angen iddi wneud hynny. Roedd popeth mewn trefn cyn iddi ddod, er y tro diwethaf y bu gartref, ond roedd cael gwneud rhywbeth drosof yn ei boddhau, yn tawelu'r gydwybod oedd, mi wyddwn, yn ei chnoi, am ei bod wedi gadael cartref a'm gadael innau er mwyn byw mewn fflat yn y dref.

Doedd dim angen iddi deimlo'n ofidus. Roedd taith ddeugain milltir yn ormod iddi fore a nos, a hithau mewn swydd gyfrifol yr oedd ei horiau'n hir a'i gofynion yn drwm.

Felly, ar ôl te ddydd Sul fe yrrodd ymaith yn y car bach coch, ei gwallt melyn yn dorchau am ei hwyneb, ei gwên mor serchog ag erioed, a geiriau ei ffarwél – 'wela i di mewn pythefnos' yn nodau persain ar yr awel. Ac ymhen pythefnos byddai gartref drachefn, yn hwylio'n ysgafndroed trwy'r drws, fel awel o wynt; y car wedi ei barcio yn y dreif, a hithau'n llawn hanesion am ei gwaith a'i chyfeillion. Neu felly y tybiwn ar y pryd. O na bawn wedi edrych yn fanylach arni, wedi yfed ei harddwch a'i dal yn dynn yn fy mreichiau.

Ynni ei thad a golygon ei mam oedd ganddi. Mor debyg i'w mam oedd hi! Yn enwedig yn y dyddiau heulog pan oedd bywyd yn braf a ninnau'n deulu clòs, cariadus; Shirley a mi, a Gwennol yn gannwyll ein llygaid. Hynny cyn i wyntoedd oer gaeaf ein

11

torperthynas chwythu drwy ein cartref. Gadael a wnaeth ei mam yn y diwedd; gadael, meddai hi, i fywyd gwell, gydag un a fyddai'n ei charu er ei mwyn ei hun. Nid oedd dyhead y Flodeuwedd ynddi yn cael ei fodloni gan un mor hunandybus â mi. Gadael i fwynhau perthynas â rhywun arall. Ond roedd hadau ei marwolaeth eisoes yn egino ynddi. Wyddwn i mo hynny ar y pryd. Wyddai hithau – nac yntau – ddim chwaith. Tybed a fyddai pethau wedi bod yn wahanol pe gwyddem? Ond mi gefais i ddihangfa. Ni fu'n rhaid i mi fyw efo'i hafiechyd; fu dim rhaid i mi fyw yn sawr dadfeiliad ei chorff na chymhennu ar ôl anhrefn salwch. Ni fu'n rhaid i mi wylio'r dirywiad cyson o ddydd i ddydd, na cheisio'i atal, na dandwn iddo. Mi gefais i fy ngwraig pan oedd hi ar ei gorau, pan oedd ei chorff yn iach, yn ifanc ac yn nwydus. Ac roedd ein serch wedi llwyr ddiffodd fel na theimlais i fawr o bangfeydd y golled pan fu farw.

Roeddwn i'n ei chael yn anodd i'm hatal fy hun rhag crechwen ar ddydd ei hangladd, wrth imi weld o hirbell ei harch yn cael ei gollwng i'r pridd, ac yntau'n colli dagrau uwch ei phen. Hynny yw, nes imi weld Gwennol yn sefyll dan yr ywen yn wylo. Rhoddodd hynny gryn sioc i mi, ond theimlais i ddim tristwch, dim ond diolchgarwch nad oedd cramp galar yn cydio ynof fi.

Roeddwn i ar ben fy nigon. Roedd bywyd yn garedig wrtha i. Roedd gen i arian; roedd gen i'r gallu a'r cyfle i wneud mwy – wrth fy mhwysau; ac roedd gen i Gwennol. Y hi fyddai'n cael y cyfan yn y diwedd, fy unig aeres. A doedd dim rhaid iddi fod yn gorfforol bresennol i fod gyda mi. Roedd hi yma er ei bod i ffwrdd. Yma, yn hardd a doeth, yn ifanc a chariadus.

Mor braf oedd gorwedd yn y gwely, ystwyrian yn araf, a gadael i'r meddyliau hyn lewyrchu fel pelydrau'r haul yn awyr las fy mywyd. Un o adegau gorau'r dydd oedd y gorwedd hwn yn y gwely, yn gwrando ar y wlad a'r tŷ a minnau, o ran hynny, yn graddol ddeffro i ddiwrnod newydd; diwrnod newydd, gobaith newydd, cyfle newydd.

A dyna pryd y canodd y ffôn.

Doedd dim yn anarferol yn hynny. Byddai'n canu'n aml. Sut y gallwn i wybod ei fod y bore hwn yn lladmerydd newyddion fyddai'n dymchwel fy myd a'i falu'n deilchion? Gymaint gwell oedd dyddiau'r telegram. Doedd hwnnw ddim i fod i ddwyn dim ond newyddion drwg, a byddai gweld y negesydd ar ei feic neu yn ei fan yn torri'r garw cyn i'r neges gael ei dadlennu.

Nid felly'r ffôn. Nid cennad marwolaeth mohono. Nid oedd caniad ei gloch erioed wedi bod yn gnul yn fy hanes i. Ond dyna ydoedd y bore arbennig hwn. Neu'n gennad newyddion drwg o leia.

Roedd Gwennol wedi cael damwain. Roedd lorri warheg wedi taro yn erbyn ei char ar drofa ar ffordd gul yng nghanol y wlad tra oedd hi ar ei ffordd i ymweld â rhywun mewn ffermdy unig.

Plismon oedd ar y ffôn. Doedd y newyddion ddim yn ddrwg iawn, meddai. Wedi brifo yr oedd hi ac ar ei ffordd i'r ysbyty. Taith o ddeugain milltir i mi i fynd yno i'w gweld felly, ond doedd dim angen imi ruthro, meddai'r plismon. Ond rhuthro a wnes i.

Faint oedd hi wedi ei frifo? Lle'r oedd hi wedi ei frifo? Fyddai hi'n iawn? Ddylwn i alw'r ysbyty cyn mynd? Fyddai hi wedi cyrraedd?

Na, mynd heb golli amser fyddai orau. Byddai Gwennol yn iawn, ac ni fyddai'r ddamwain yn newid dim ar ei bywyd hi na 'mywyd innau. Roedd geiriau'r plismon yn rhai cysurlon. Rhoddais brawf ar yr hen arferion, ac roedd yr argoelion yn dda. Llwyddais i gerdded y llwybr at y garej heb roi fy nhroed unwaith dros y rhiciau oedd yn derfyn i bob slab concrid. Roeddwn i wedi cyrraedd trofa Bryn Melyn cyn i'r bys munud ar gloc y car newid. Mi wnes i gyfarfod mwy na deg car coch ar y ffordd, a welais i'r un hers. Roedd dwy frân ddu yn eistedd ar do'r ysbyty pan gyrhaeddais i yno. Roedd popeth o'm plaid a'r holl arwyddion yn rhai gobeithiol. Byddai Gwennol yn iawn a byddwn innau'n gallu mynd ymlaen â'm bywyd o hawddfyd wedi ymddeol, yn ddiogel yn y gobaith fod fy merch gen i, fod cannwyll fy llygaid yn dal i ddisgleirio.

Ond ffŵl oeddwn i. Ynfytyn. Ddylswn i ddim bod wedi difrïo'r ddameg am yr ysguboriau newydd. Mi ddylswn i fod wedi gwrando ar yr adnod, 'y nos hon y gofynnant dy enaid oddi wrthyt; ac eiddo pwy fydd y pethau a baratoaist?' Pa mor aml y clywais i'r geiriau yn y capel, a chwerthin am ben y fath ddameg? Dameg taflu dŵr oer ar hapusrwydd a dedwyddwch a llwyddiant – fel cymaint o syniadau byd crefydd. Dim eisiau i neb fwynhau ei hun na dod ymlaen yn y byd! Ond perchen yr ysguboriau oeddwn i y bore hwn, yn gweld y cyfan yn ofer.

Roedd Gwennol wedi marw. Roedd hi wedi marw cyn cyrraedd yr ysbyty, wedi diodde *whiplash* wrth i'r lorri wartheg a'r car bach coch wrthdaro yn erbyn ei gilydd ar y ffordd gul.

Trodd fy ymweliad â'r ysbyty i leisio geiriau cefnogaeth a chysur a chariad yn ymweliad â'r marw, yn ymweliad i adnabod corff. Yno yr oedd hi a chwrlid gwyn dros ei hwyneb, a phan dynnwyd y cwrlid yn ôl, mor dawel a thangnefeddus yr edrychai. Fel pe bai'n cysgu. Plygais i roi cusan ar ei thalcen ond tynnwyd fi'n ôl gan oruchwyliwr y lle. Yno i adnabod y corff yr oeddwn i, nid i alaru. Yno i dystio mai Gwennol oedd hi, neu mai Gwennol fu hi. Nodiais fy mhen ac yna taenwyd y cwrlid yn ôl ac arweiniwyd fi o'r ystafell.

Mi glywais, mi ddarllenais droeon am bobl yn disgrifio stad o sioc – ei disgrifio fel bod ar gwmwl; fel bod yn hanner meddw; fel petai peiriant yn eu gyrru, yn meddwl drostyn nhw; fel dol lawn peiriannau, yn ymateb i bob hyrddiad a grëid gan drydan ei gwneuthuriad. Mi glywais, mi ddarllenais, ond phrofais i ddim tan y bore hwn. Wylo, naddo. Ochneidio, naddo. Dim ond mynd ymlaen yn oer, yn beiriannol, yn gwbl wrthrychol. Ymlaen i wneud yr hyn yr oedd ei angen.

TACHWEDD 9 1998

Y tro diwethaf imi gael y teimlad oedd pan fu Mam farw – a hynny ar ddydd Gwener y Groglith. Prynhawn duaf dynoliaeth yn dod yn brynhawn duaf fy mywyd innau fel y byddwn mor hoff o ailadrodd, er mwyn creu effaith, yn y blynyddoedd dilynol. Un ar bymtheg oed oeddwn i ar y pryd a cherddwn strydoedd y pentref bychan fel pe bawn i'n gawr, neu'n geiliog. Pawb yn dod ataf, pawb yn gresynu, a minnau'n ganolbwynt yr holl sylw, yn arwr. Cyfeillion a chydnabod o bob oed yn gwthio dwrn cyfeillgar i'm hysgwydd a'm galw'n warior a thrŵpar a hen ddyn.

Flynyddoedd yn ddiweddarach y darllenais i'r bryddest 'Sŵn y Gwynt sy'n Chwythu', cerdd sy'n adrodd am yr un math o brofiad pan gollodd y bardd ei fam: '... a phawb yn tosturio wrthyt, yn arwr bach, balch'.

Y fi oedd canolbwynt y sylw bryd hynny, yn seren y sioe. Ac eto mewn rhyw ffordd ryfedd doedd y brofedigaeth ddim yn perthyn i mi. Roedd hi wedi mynd yn eiddo i eraill a thapestri'r angau yn cael ei gyfrodeddu gan sawl pâr o ddwylo; dwylo'r teulu agos a'r teulu pell, dwylo cyfeillion a chymdogion, a dwylo'r rheini sy'n gwledda ar farwolaeth fel pe baent bryfed yn gloddesta ar gorff.

Felly'n union y teimlaf heddiw, ddeuddydd cyn yr angladd – yn ganolbwynt y sylw, a'r hunan wedi ei chwyddo gan amgylchiadau, ac ar yr un pryd yn teimlo fel pe bai'r cyfan wedi ei ddwyn oddi arnaf. Pawb wedi bod yn cynllunio, pawb wedi bod yn dweud ei bwt, pawb wedi bod wrthi fel lladd nadroedd, ac mi ddylswn i fod yn ddiolchgar. Mae presenoldeb busneslyd cymaint o bobl yn gwmni pererinion i mi ar y daith; maen nhw megis cysgod rhag y gwynt sy'n chwythu. Chwibanu am y berth â mi y mae awel finiog fy ngholled innau. Yma, ar y maes gwastad, yn y cyfnod rhwng y brofedigaeth a'r angladd, y mae trwch y cysgod yn cadw'r awel rhag chwythu arnaf er imi adnabod ei sŵn a 'theimlo ar f'wyneb anadl mynwentydd'. Daw, fe ddaw'r downar go iawn maes o law, ond ar hyn o bryd rwy'n ddiogel yn fy nghocŵn hunanganolog, a hwnnw'n cael ei fwydo gan ymwelwyr caredig. Gwylio fy hun o bell yr wyf, yn teimlo'n iwfforig fel pe bawn wedi yfed gormod, ac yn edrych ar eraill yn cymryd meddiant o'r achlysur er mwyn datrys eu problemau eu hunain, er mwyn tawelu eu cydwybod eu hunain a golchi eu beiau yn nŵr oer ffynnon fy ngofid i.

Dwi ddim wedi codi allan fawr ddim – dim ond i wneud yr hyn sydd raid a hynny ar archiad yr heddlu, y trefnwyr, y cofrestrydd. Rwyf wedi dibynnu'n llwyr ar eraill i'm harwain a'm cyfeirio, ac mae Anti Magi – sbardun y peiriant teuluol – wedi penderfynu, ar ôl i'r holl drefniadau gael eu cwblhau, mai gartref y mae fy lle yn cyfarfod a chroesawu pobl, yn derbyn cydymdeimlad yr ymwelwyr ac offrwm eu tosturi tuag ataf. Fe fyddai hi wedi hoffi imi brynu siwt newydd, ac mae hi'n ceisio fy nhrin i fel pe bawn i'n gyw ifanc yn hytrach na rhywun sy newydd ymddeol. Ond fe fethodd efo'r siwt. Mae'r un sy gen i yn ddigon da ac fe fyddai Gwennol wedi chwerthin am fy mhen pe bai hi'n gwybod 'mod i yn ei hangladd mewn dillad newydd, yn tynnu wrth fy ngholer a cheisio sythu fy nhei, ac yn tynnu yn nhop fy nhrywsus am y byddwn i wedi perswadio'r siopwr mai tri deg chwech rownd y canol oeddwn i mewn gwirionedd, ac nid tri deg wyth.

Fy ngorchwyl i yw bod yma yn derbyn ymwel-wyr, fel brenin ar ei orsedd yn derbyn gwrogaeth ei ddeiliaid. Rwy'n cael fy nghynnal; rwyf mewn byd o ffantasi; mae rhyw ddwylo yn gafael ynof ac yn lapio amdanaf – 'y breichiau tragwyddol', meddai'r gweinidog, 'cymdogion a chyfeillion caredig', meddai Anti Magi, 'sioc ohiriedig', meddai Ieu, fy unig gyfaill mynwesol.

A thrwy'r amser daw'r mynych ganu ar gloch y drws a'r sibrwd yn y cyntedd cyn i'r bobl ddiarth gael eu harwain i gysegr sancteiddiolaf fy lolfa ac i wyddfod archoffeiriad y drasiedi.

Mae'r rhai y mae a wnelon nhw â'r brofedigaeth a threfniadau'r *post mortem* a'r angladd yn gynnil a gweddus eu hymarweddiad. Daeth y meddyg, Dr Seimon, heibio, gan ymddiheuro nad oedd ar gael pan aeth Anti Magi i holi am rywbeth i'm helpu i ymgodymu â'r sefyllfa. Roedd ei agwedd yn ddigon i ddangos i mi nad oedd ganddo yntau fawr o feddwl o'r locwm fu'n gwneud ei waith tra bu i ffwrdd. Ond hi oedd yn iawn gan nad oedd arna i angen dim, a dweud y gwir. Dod fel cyfaill, nid fel meddyg, a wnaeth Dr Seimon. Dod i roi sicrwydd i mi na fu i

Gwennol ddioddef cyn marw. Roedd hi wedi ei lladd yn syth, wedi croesi'r afon mewn lle cul.

Fe ddaeth y Parch. Issac Morgan, y gweinidog, gan ddefnyddio ei ysgwyd llaw profedigaethol wrth ddod i mewn i'r ystafell. Chwarae teg iddo, wnaeth o ddim dechrau ar ryw stwnsh gwirion fel dweud ei bod hi'n well ei lle a bod y cyfan wedi digwydd er daioni. Na, roedd y Parchedig yn adnabod y natur ddynol, yn fy adnabod i ac, mae'n ymddangos i mi, yn adnabod ei Dduw hefyd. Roedd ei draed ar y ddaear hyd yn oed os oedd o'n ceisio cael pawb i'r nefoedd.

Fe'i clywais yn dweud sawl tro mai cadw'r rhai agosaf at y brofedigaeth yn brysur oedd y therapi gorau mewn amgylchiadau fel hyn, ac aeth ati rhag blaen i ddechrau trafod y gwasanaeth. Nid bod arna i angen unrhyw therapi ar y pryd ond fe wnaeth fyd o les i Anti Magi. Fe geisiodd hi heijacio yr holl wasanaeth ac mi ges i drafferth i gael deud fy neud a mynnu cael cynnwys hoff emyn Gwennol. Doedd gen i mo'r amynedd na'r ynni meddyliol i fynd yn groes iddi hi, a phob tro y lleisiwn ambell brotest ddiniwed byddai Anti Magi yn danbaid barod am y dadleuon i gyd. Roeddwn i'n teimlo fel pe bai hi'n defnyddio stîm-rolar i wasgu gwybedyn. Diolch mai'n ddigon pell yn y de y bu'n byw gydol ei hoes neu fe fyddai wedi fy ngwneud yn greadur cwbl ddi-asgwrn-cefn yn ofni ei gysgod.

Roedd elfen o ffars yn yr holl beth a materion megis trefn y gwasanaeth, pa adnod i'w chynnwys ar flaen y daflen, geiriad y diolchiadau ar y cefn, a oedd yr oedran i'w gynnwys, – y pethau hyn oll yn ganmil pwysicach, debygwn i, na'r ffaith fod cannwyll fy llygaid, fy unig ferch, yn gorff marw mewn oergell. Mae'r traddodiad a greodd Nero yn dal yn fyw ac yn iach o hyd.

Fe gafwyd un cyfaddawd – bodlonais ar gynnwys coffâd ar yr amod mai'r Parch. Issac Morgan yn unig fyddai'n cymryd rhan yn y capel a'r amlosgfa. Addawodd yntau anfon copi ataf rhag ofn fod rhywbeth ynddo fyddai'n tarfu arnaf yn y gwasanaeth. Ond collais y dydd ar fater angladd preifat gan mai gan Anti Magi yr oedd y dadleuon i gyd. Roeddwn i'n falch o weld y gweinidog yn mynd er mwyn imi gael llonydd gan fy modryb.

Mesur a phwyso ei eiriau'n ofalus wnaeth Cyril Foulkes, cyfarwyddwr yr Adran Gwasanaethau Cymdeithasol lle y gweithiai Gwennol, pan alwodd o heibio. Roedd gan Gwennol gryn feddwl ohono am ei fod, er yn Sais, wedi dysgu'r Gymraeg yn ddigon da i'w defnyddio – ac yn gwneud hynny ar bob achlysur posib.

Daeth i'm gweld drannoeth y ddamwain gan esbonio i mi, yn ei Gymraeg clogyrnaidd, beth oedd wedi digwydd. Roedd yna gynhadledd achos i'w chynnal yn ymwneud â phlentyn un o'r ffermydd i fyny'r cwm, a chan nad oedd Elin, y weithwraig gymdeithasol oedd yn ymdrin â'r achos, yn ei gwaith, roedd Gwennol yn gweithredu yn ei lle. Roedd ar ei ffordd i drefnu'r gynhadledd efo'r teulu – roedd o'n ymweliad swyddogol, ond yn un hollol normal; nid ymweliad argyfwng o unrhyw fath oedd o, felly doedd dim brys, a dim rheswm i Gwennol fod yn gyrru'n gyflym.

20

Roedd Cyril Foulkes wedi canmol Gwennol. Roedd yn amlwg fod ganddo gryn feddwl ohoni fel gweithwraig gydwybodol a siriol, fel un oedd yn boblogaidd gyda gweddill y staff ac yn cyflawni ei gwaith â graen.

'Mi alli di deimlo'n falch ohoni, Mr Owen,' meddai wrthyf wrth ymadael.

'Mi rydw i . . . mi roeddwn i,' oedd fy ateb ffwndrus innau.

'Roedd hi'n cymryd ei gwaith o ddifri – ac yn edrych arno fel gwasanaeth i bobol eraill.'

Oni wyddwn i hynny'n well na neb? Onid oedd hi – yn wahanol i mi ac i'w mam – wedi ei magu i feddwl am eraill ac nid amdani ei hun? Onid y fi, y fi o bawb, oedd wedi ei pherswadio i ddilyn cwrs i'w chymhwyso i fod yn weithwraig gymdeithasol? Heb y perswâd hwnnw mae'n bosib iawn mai gradd yn y Gymraeg fyddai ganddi hi ac y byddai'n athrawes yn rhywle, neu'n pori ar ymylon meysydd y cyfryngau.

Addawodd Mr Foulkes ddod i edrych amdanaf drachefn, ond gwyddwn yn fy nghalon na ddeuai. Roedd o wedi cyflawni ei ddyletswydd. Fe fyddai yn yr angladd wrth reswm, ond byddai'r digwyddiad yn ddŵr dan y bont yn llifeiriant cyson ei fywyd yn fuan iawn.

*   *   *

Os nad oedd ymweliadau y bobl broffesiynol yn peri anawsterau i mi, nid felly ymweliadau gan aelodau fy nheulu – yn enwedig y rhai pell nas

21

gwelir ond mewn trasiedi. A'r brif broblem oedd eu hawydd i gofleidio. Yn wir, dyddiau o osgoi hynny gan fodrybedd ac aelodau pellennig y teulu, a chan rai cymdogion hefyd, fu'r dyddiau diwethaf hyn. Fûm i erioed yn gofleidiwr, dim ond efo Shirley, a Gwennol wrth gwrs. Pan oeddwn i'n blentyn byddwn yn cuddio y tu ôl i Mam pan ddeuai aelodau mwy swslyd na'i gilydd o'r teulu heibio i'n cartref. Roedd un fodryb yn enwog am ei swsian gwlyb a'i dannedd gosod llac, a byddwn yn cilio i ben draw'r cyntedd pan ddeuai honno ar ei rhawd a'i gweflau'n sticio allan fel ceg hwfer yn barod i'm traflyncu.

Ac felly rwy'n treulio fy nyddiau, yn gwrando am sŵn cloch y drws ac yn ceisio dirnad wrth glywed y lleisiau pan fydd Anti Magi yn ei ateb pwy sydd wedi dod i edrych amdanaf. Pe bai o'n achlysur hapus mi fyddwn yn mwynhau fy hun, a dweud y gwir. Cystal imi gyfaddef fy mod i bron yn mwynhau. Mwynhau ymgodymu â'r broblem – mae gwneud problem fach yn broblem fawr yn rhan o therapi'r galarus, medden nhw. Tydi hi ddim yn broblem i Anti Magi. Mae hi wedi dod o'r de ac wedi byw yno am gymaint o amser, decini, nes dod yn gofleidiwr swsgar wrth natur. Ond dydw i erioed wedi dod dros y swildod o gofleidio'n gyhoeddus. Peth preifat ydi o, a rhywbeth rhwng Shirley a minnau a Gwennol yn unig oedd o. Mae cael eich dal yn cofleidio yn gymaint embaras â phan fyddwch yn cael pisiad mewn le-bei ganol nos a char yn dod heibio'n sydyn; chithau'n cymryd arnoch eich bod yn edrych dros y gwrych.

Y drafferth yw fod pob un yn cofleidio'n wahanol, a minnau mewn gwewyr i ymateb yn briodol. Mae cofleidwyr breichiau'n unig yn llai o broblem na'r lleill – mater o glinsh sydyn ydi hwnnw. Y rhai sy'n cysylltu cusan gyda'r goflaid, y rheini sy'n peri anhawster. Mae'r math o gusan yn ogystal â'i lleoliad yn gallu amrywio'n fawr, o'r cyffyrddiad ysgafn ar y boch i'r ffwl ffryntal ar y gwefusau – ac mae rhywbeth yn sglyfaethus yn hynny efo pobl nad ydych chi wedi eu gweld ers blynyddoedd ac na wyddoch chi ydyn nhw'n arfer glanhau eu dannedd ai peidio!

Ydw, rwy'n mwynhau fy hun fel y bydd meddwyn. Mi wn y daw'r dadebru a'r dyddiau du. Ond ar y funud mae marwolaeth Gwennol rywsut yn amherthnasol a minnau'n cael cyfle i ailadrodd yr hanes wrth bob ymwelydd ac astudio'r natur ddynol yr un pryd.

Mae'n ddiddorol astudio tacteg yr ymwelwyr – ac fe fydd y profiad yn un gwerthfawr. Bu mynd i dŷ galar yn broblem imi erioed, ond wedi hyn byddaf yn feistr arni.

Sychedu am wybodaeth y mae rhai ohonyn nhw, a hynny cyn gwybod 'mod i'n awyddus iawn i adrodd yr holl stori wrth bawb beth bynnag!

'Galwad ffôn gawsoch chi felly!' Plygu ymlaen mewn ffug syndod. 'Peth mor oeraidd â galwad ffôn! Wnaeth yr heddlu ddim mynd i'r drafferth i ddod heibio i ddweud wrthych chi fod Gwennol wedi marw?'

Minnau wedyn yn mynd drwy'r hanes, o'r alwad ffôn dyngedfennol a dorrodd ar fy hapusrwydd hyd yr ymweliad â'r ysbyty a'r wybodaeth a gefais i am y ddamwain.

Roeddwn i wedi ailadrodd yr hyn a ddigwyddodd gymaint o weithiau fel y gallaswn i fod wedi defnyddio'r hanes yn brif adroddiad dramatig mewn eisteddfod, a fyddai'r un beirniad yn gallu dilorni na chambwyslais na gor-emosiwn.

Dweud dim oedd tacteg rhai eraill. Eistedd yno, yn ddifrifol ddwys eu gwedd, yn edrych arnaf, ac ambell un mwy busneslyd yn edrych o'i gwmpas hefyd, yn chwilio am unrhyw arwydd fy mod yn colli gafael. Byddai sbecyn o lwch yn y gornel, rhimyn o we pry cop yn hongian o'r nenfwd, yn troi yn sibrydiad pennau tai y bobl hyn, yn arwydd o fynd oddi ar y rêls, yn fynd rhwng y cŵn a'r brain erbyn y byddai'r wybodaeth yn ysglyfaeth i helgwn y pentref.

A thrwy'r cyfan roedd Anti Magi, ac ambell gymdoges garedig hefyd, yn gwneud paned i bawb, paned a darn o deisen neu gacen gri – rhoddion y brofedigaeth, y teisennau oedd fel torchau o flodau ar arch fy ngobeithion.

Daeth ffrindiau a chyd-weithwyr Gwennol i'm gweld hefyd. Merched bob un. Dim un bachgen. Doedd hi erioed wedi dangos fawr o ddiddordeb mewn bechgyn, a doedd ganddi'r un cariad, ac roeddwn innau wedi rhyw ddechrau poeni, rhyw led ofidio am hynny. Ambell fore pan ddeffrown byddai cwmwl bychan yn heulwen fy ffurfafen, a rhywbeth bach, fel pigyn dan ewin, yn tarfu ar fy nedwyddwch. Ac yna mi gofiwn beth ydoedd. Doedd gan Gwennol ddim cariad. Doedd yna ddim gobaith i'r olyniaeth heb i hynny ddigwydd. A minnau eisiau bod yn rhan o deulu sawl cenhedlaeth a fyddai'n ymestyn i ryw ddyfodol pell, ac nid yn gweld diwedd y llinach. Onid hyn oedd anfarwoldeb! Ond feiddiwn i ddim sôn wrthi. Fe wyddai hi a minnau pa rai oedd ystafelloedd gwaharddedig adeilad ein perthynas.

Do, daeth amryw o'i ffrindiau i'm gweld, ac yn eu plith Mared, Gwenllïan a Bethan. Roedd y tair yn goch eu llygaid, yn snwffian yn ddiddiwedd, wedi claddu eu pennau mewn hancesi poced oedd yn rhy fach i'r achlysur; yn dweud fawr ddim, dim ond arnofio ar don ar ôl ton o emosiwn. Minnau'n gwneud y cysuro, myfi a gafodd y golled fwyaf, yn cysuro rhai nad oedden nhw ond ffrindiau iddi. Ffrindiau? Onid oedd Mared yn torri ei chalon fwy na'r lleill? Onid oedd hi wedi ebychu rhywbeth am gannwyll ei llygaid yn diffodd? Wel, roedden nhw'n gyfeillion da, yn griw oedd wedi cadw efo'i gilydd ers dyddiau coleg, ac yn byw yn ddigon agos at ei gilydd heb fod ymhell o'r dref i barhau'r berthynas. Soniais wrthynt am y fflat ac addawodd Mared yr âi yno i dacluso gan na fedrwn i wynebu'r fath orchwyl ar hyn o bryd.

TACHWEDD 10 1998

Mae hi'n hwyr y nos ond does dim awydd cysgu arna i. Does ond ychydig oriau tan yr angladd ac mae teimlad anniddig ym mhwll fy stumog. Nid hiraeth, nid galar, ond pryder am yfory, fel pryder yr anturiaethwr wrth iddo wynebu'r anwybod.

Mae hi wedi bod fel ffair trwy'r dydd a minnau heb gael amser i hel meddyliau tan y funud hon. Rwy'n falch mai Ieu oedd yr ymwelydd olaf. Mae ei ymweliadau o wedi bod yn donic, ac os cysgaf heno, i'r tawelwch sy'n golchi drosof yn ei gwmni o y bydd y diolch.

Fin nos cynnar, pan oedd pawb wedi mynd ac Anti Magi a minnau'n ddiolchgar am ennyd o hedd a thawelwch, canwyd cloch y drws yn betrus.

Aeth Anti Magi i'w ateb ac yna clywais sŵn lleisiau – ei llais hi a llais dyn, llais dieithr i mi. Roeddwn i'n eistedd yn y lolfa o flaen y tân pan agorwyd y drws ac y cerddodd Anti Magi i mewn a dyn ifanc tua'r pump ar hugain oed yn ei dilyn.

Roedd o'n dal ac roedd ganddo wallt brown, byr. Croesodd yr ystafell ataf gan estyn ei law.

'Dan Thomas ydw i,' meddai. 'Fi oedd yn dreifio'r lorri.'

Am eiliad clywais fysedd oer dialedd yn cydio yn fy ymysgaroedd, a gwrid dicllonedd yn cochi fy ngruddiau. Am eiliad yn unig! Yna roeddwn i'n fi fy hun syber, tawel, rhesymol unwaith eto.

'Steddwch.'

'Mae'n ddrwg gen i na fuaswn i wedi dod ynghynt. Ond roeddwn i'n ei chael yn anodd. O, Mr Owen, mae'n wirioneddol ddrwg gen i am yr hyn sy wedi digwydd. Ddreifia i'r un lorri byth eto.' Claddodd ei wyneb yn ei ddwylo gan ochneidio'n drwm.

'Dywedwch beth ddigwyddodd.' Daeth tawelwch fy llais â fo ato'i hun i raddau. Cododd ei ben ac roedd ei lygaid yn glwyfus.

'Roeddwn i wedi bod yn ffarm Pwll-mawn yn nôl llwyth o wartheg i fynd i'r farchnad. Roeddwn i'n gwneud tua phum milltir ar hugain yr awr gan fod gen i lwyth mawr, a bod y ffordd yn gul, ac mi wnes i arafu wrth ddod at y gornel. Yn sydyn, rownd y tro mi ddaeth Fiesta bach coch i 'nghyfarfod i. Mi sefais i ar y brêc nes i'r gwartheg gael eu hyrddio ymlaen, a stopiais yn stond. Ond yn ei flaen y daeth y car a tharo'r lorri gyda'r fath rym nes iddo fownsio yn ôl lathenni.'

'Oeddech chi'n gallu gweld Gwennol?'

'Nag oeddwn, ddim o'r lorri. Mi ruthrais i at y car, a dyna lle'r oedd hi, yn eistedd yn sedd y gyrrwr a'r sioc a'r syndod wedi rhewi ar ei hwyneb. Mi wyddwn yn syth ei bod wedi marw.'

Rhoddodd Dan Thomas ei ben yn ei ddwylo drachefn. Yna estynnodd hances o'i boced a chwythu ei drwyn yn ffyrnig.

'Beth wnaethoch chi wedyn?'

'Mynd yn ôl i'r lorri a galw'r gwasanaethau ar y ffôn symudol. Yna mi es yn ôl ati i gadw cwmni iddi, er ei bod wedi marw, i gadw cwmni iddi nes y deuai rhywun yno.'

Safodd Dan Thomas ar ei draed a chroesodd ataf.

'Mr Owen,' meddai, 'dwi'n gobeithio y byddwch chi'n maddau i mi. Doedd yna ddim y gallwn i fod wedi ei wneud. Roeddwn i wedi stopio cyn i'r car daro'r lorri. Ond mi rown i'r byd yn grwn am gael dydd Llun yn ôl. Tase'r gwartheg wedi cymryd mwy o amser i'w llwytho, tase un ohonyn nhw wedi ceisio dianc, taswn i wedi derbyn gwahoddiad y ffermwr i gymryd paned. Tase . . .'

Eisteddodd i lawr drachefn a'i ben yn ei ddwylo, yn crio'i hochr hi.

Roedd arna innau eisiau crio, ond allwn i ddim. Roedd o fel ceisio taflu i fyny ar stumog wag.

Codais a rhoi fy llaw ar ei ysgwydd, yn arwr mawr tosturiol. 'Dan,' meddwn, mor dyner ag y gallwn i, 'does dim bai arnoch chi a does neb yn eich beio. Damwain ydi damwain.'

Fe adawodd ar ôl hynny, a theimlwn innau wedi fy sigo. Pan ganodd cloch y drws drachefn bu bron imi weiddi ar Anti Magi i beidio â'i ateb. Ond rwy'n ddiolchgar na wnes i ddim. Ieu oedd yno. Ieu ffyddlon, diymhongar.

Daeth â pheth arogl silwair i mewn gydag ef – newid derbyniol ar ôl yr holl bersawr oedd wedi bod yn eneinio fy nhŷ ers dyddiau.

'Mi wnes i fwydo'n gynnar er mwyn dod yma cyn iddi fynd yn rhy hwyr.'

Chwarae teg iddo, roedd o wedi bod yma bob dydd ers y brofedigaeth. Roedden ni'n eneidiau hoff cytûn, yn ffrindiau ers dyddiau ysgol; fo oedd y brawd nas cefais, ac er i'm priodas bellhau pethau rhyngom i raddau, fe arhosodd yn driw i mi. Bellach roeddwn yn yr un sefyllfa â fo. Doedd gen innau erbyn hyn, mwy nag yntau, na gwraig na phlentyn. Roedd y ddau ohonom mor unig â'r llwynog pan fo'r helfa ar ei warthaf.

Llwythodd ei getyn yn ofalus cyn tanio ac eistedd yn ôl yn ei gadair, yn dalp o gysur, ac edrychodd arnaf. 'Wel, sut ddiwrnod ydi hi wedi bod heddiw?'

Roedd ei lais tawel, gwastad yn llonyddu'r tonnau cynhyrfus yr oedd ymweliad Dan Thomas wedi eu creu.

Ac wrth i mi adrodd hanes mynediad a dyfodiad pawb yn ystod y dydd daeth drosof deimlad o dangnefedd rhyfedd. Arhosodd am ddwyawr, ac roedd sgwrsio gydag ef yn werth mwy na chyfres o sesiynau seiciatryddol. Ac mi wn pan fydd y llif ymwelwyr wedi graddol arafu, a pheidio â bod i bob pwrpas, y bydd ef yn dal fel ci ffyddlon wrth fy ymyl, yn barod i ddeall a derbyn y ffaith 'mod i mor oriog, ac i gydymdeimlo pan fydd angen. Mae colli Gwennol wedi dyfnhau'r berthynas rhyngom a gwneud imi bron allu credu heno yr hen air sy'n dweud nad oes yr un golled yn bod nad yw'n ennill o fath i rywun hefyd.

Rhodio'r dolydd gwastad y bûm, y dyddiau diwethaf hyn, a hynny yng nghwmni sawl pererin; ac er i ambell garreg galed achosi imi droi fy nhroed fwy nag unwaith, rwyf heno yn dawel fy meddwl, yn teimlo y gallaf oroesi'r dyddiau nesaf; ac er bod meddwl am yfory fel cnoi yn fy stumog, mae hi'n hwyr, rwyf wedi blino a siawns y bydd lleisiau cysurlon câr a chyfaill yn fy suo i gysgu.

Rwyf wedi blino'n lân heno, gorff a meddwl, ond y mae digwyddiadau'r dydd yn glir yn fy nghof a gallaf ail-fyw pob manylyn.

Uchafbwynt pob marwolaeth yw'r angladd cyhoeddus, ac yr oedd Caersalem dan ei sang ac yn tystio i'r ffaith ei bod yn ddydd o uchel ŵyl i gannoedd o bobl. Neu ydw i'n bod yn afresymol o ragfarnllyd, yn afresymol o annheg yn amau cymhellion pobl? Ydw, mae'n siŵr. Maint y golled a ges i, a'r stad o sioc rydw i ynddi, yw fy unig amddiffyniad.

Cerddais i mewn i'r capel y tu ôl i'r ymgymerwr ac o flaen gweddill y teulu agosaf a'm meddwl yn llawn, nid o ofid a hiraeth, nid o chwithdod a galar, ond o fanion trefniadol y dydd. Fyddai yna ddigon o daflenni? Fyddai'r organyddes yn chwarae'r tonau cywir? Fyddai'r uchelseinydd yn gweithio yn y festri? Oedd, roedd o'n ddigwyddiad mawr ac wedi denu'r torfeydd.

Anti Magi oedd wedi mynnu mai cyhoeddus ddylai'r angladd fod, ac wrth iddi ddadlau'r achos roedd hi fel pe'n adleisio fy meddyliau innau, er bod fy ngreddf yn dweud mai angladd preifat fyddai'n gweddu orau i'r amgylchiadau.

Mi wyddwn y byddai Anti Magi wrth ei bodd yn yr angladd. Hi oedd dolen gyswllt y teulu; yn dal i ysgrifennu llythyrau meithion at lu o'i pherthnasau, epistolau oedd yn fabinogion teuluol, a byddai'n cynnwys llythyrau gan aelodau eraill y teulu yn yr amlen bob tro, er mai prinhau yr oedd y rheini. Daliai i gynnal arferion y pedwar a'r pumdegau hyd yn oed yn oes yr e-bost.

'Mae ar y cyhoedd angen cyfle i alaru ar ôl marwolaeth mor ddisymwth. Rhaid i ti gofio nad ti ydi'r unig un sy'n galaru. Nid ti ydi'r unig un sy mewn sioc. Beth am ei ffrindiau hi? Beth am weddill y teulu? Beth am yr holl bobl y daeth i gysylltiad â nhw? Oedd, roedd ei marw yn sioc i ti, ond wnest ti aros i feddwl faint o sioc oedd o i'r bobl yma i gyd, i weld cyhoeddiad moel, oer yn y *Daily Post* a'r *Western Mail*?'

Fe gafodd ei ffordd ei hun. Roedd ei dadleuon yn rhai cadarn ac roedd fy meddwl i mor ystwyth â darn o glai, yn barod i gael ei fowldio i unrhyw siâp gan unrhyw un.

Ac yr oedd Caersalem lawn yn cyfiawnhau'r penderfyniad a wnaed.

Pan gerddais i mewn plygodd y rhes ar fin y galeri ymlaen i edrych arnaf, a chodais innau fy ngolygon i edrych arnyn nhw. Gwyddwn na ddylwn i wneud hyn. I lawr y dylai fy ngolygon i fod, fy ngwar wedi crymu, a hwythau, y fwlturod oedd yn hofran ar ffrynt y galeri, yn cyffroi o sylweddoli y caen nhw, yn fuan iawn, wledda ar gnawd brau fy nhrallod.

Gallwn ddychmygu eu meddyliau. 'Dydi o ddim yn crio!' 'Tydi o'n ddewr!' 'Tydi o'n haerllug!' 'Tydi o'n ddideimlad!' 'Tydi o'n arwr!'

Ond doedd o ddim yn arwr, pe baen nhw ond yn gwybod. Na, roedd gwrthrych eu sylw a'i ben yn y cymylau ac yn troedio'r porfeydd gwelltog, yn cerdded ger glan afon. Roedd o'n teimlo mor dangnefeddus ag aderyn ar ei adain yn awyr las Gorffennaf.

Wyddwn i ddim pam 'mod i'n teimlo felly. Mi ddylwn i fod yn drist, yn llawn gofid, yn edrych ar yr arch ger yr allor fel pe bai fy holl fywyd i mewn ynddi. Canys yr oedd. Sioc fyddai enw'r gwybod-usion ar y peth, mae'n siŵr. 'Mi ddaw allan ohoni ryw ddiwrnod a phan ddigwydd hynny, lwc owt!' Dyna oedd yn mynd trwy feddwl llawer.

Falle'n wir, ond y ffaith yw fy mod yn gallu edrych ar yr angladd fel pe na bawn yn rhan ohono o gwbl.

Tybed ers faint yr oedd selogion y galeri yno? Ers dros awr, mae'n siŵr. Dod yn gynnar i gael sedd dda. Dod mewn siwtiau oedd yn sgleiniog hen ers blynyddoedd, siwtiau angladd. A sylwais nad oedd y rhan fwyaf ohonyn nhw – y rhai a adwaenwn i, beth bynnag – yn tywyllu capel o Sul i Sul. Od iawn. Gweld capel a gwasanaethau yn bethau hir a diflas, ac eto'n barod i eistedd am awr a mwy i aros am wasanaeth angladd, a does dim gwasanaeth diflasach na hwnnw i'w gael. I beth, tybed? I dalu'r gymwynas ola? O barch i'r ymadawedig? O barch i mi? Wel, yn y stad roeddwn i ynddi roeddwn i'n gallu dychmygu pob math o resymau, a doedd a wnelon nhw ddim â phrofedigaeth na pharch na chrefydd. Yno i 'ngweld i'n crio yr oedden nhw; yno i weld pa effaith a gâi'r cyfan arnaf fi. Yno i weld pwy arall oedd dan deimlad. Yno, am mai yno oedd y lle i fod.

Roedd y gynulleidfa fawr wedi sefyll fel un pan ddistawodd seiniau'r organ ac y cerddais i i mewn. Arhosodd y gweinidog ar ei draed a dweud wrth bawb am eistedd. Fo oedd yr unig un yn y sêt fawr. Gwyddwn fod hynny'n amlygu diffyg statws, yn rhyw fath o insylt i Gwennol efallai. Oni ddylai'r sêt fawr fod yn llawn o weinidogion? Maen nhw'n dweud eu bod yn brin, ond maen nhw'n sathru traed ei gilydd mewn angladdau. Na, dim ond un. Os cafodd Anti Magi ei ffordd efo angladd cyhoeddus a choffâd, mi ges i fy ffordd efo'r gweinidog, y Parch. Issac Morgan – y fo a neb arall. Y fo oedd wedi ei bedyddio, wedi ei thiwtro mewn cyfarfod plant, wedi mynnu ei bod yn chwarae'r organ fach yng nghyfarfodydd y festri pan na allai ei thraed ond prin gyrraedd y pedalau, ac wedi ei derbyn. Y fo fyddai wedi ei phriodi hefyd pe bai hynny wedi digwydd. Gan na châi o mo'r cyfle i wneud hynny, roedd yn iawn iddo gael y cyfle i'w chladdu.

Lediodd hoff emyn Gwennol, 'Dod ar fy mhen' – emyn plant, meddai Anti Magi, ond emyn oedd yn ddarlun o fywyd Gwennol gan iddi fyw er mwyn ei hoes a gwasanaethu'r isel rai. Chwaraeodd yr organyddes y llinell gyntaf cyn i'r gynulleidfa sefyll. Beth ddylwn i ei wneud? Sefyll neu eistedd? Erstalwm eistedd a wnâi'r teulu'n ddieithriad, ond yr oedd pethau'n newid. A minnau'n ansicr, gwelais drwy gil fy llygaid fod Anti Magi yn aros yn solet yn ei sedd. Roedd hi'n gwybod! Ddylwn i ganu 'te? Roedd o'n ganu ardderchog, yn bedwar llais teimladwy, soniarus, ac fe'm cefais fy hun er fy ngwaethaf yn ymuno. Ac er nad oeddwn yn gallu eu gweld roeddwn i'n ymwybodol o'r gwylwyr ar y galeri yn edrych dros ymyl eu taflenni arnaf.

Y drydedd salm ar hugain oedd y darlleniad cyntaf – dewis amlwg. Ac roedd o'n ddewis oedd mewn cytgord â'm meddyliau innau. 'Gerllaw y dyfroedd tawel' – roedd rhywbeth yn esmwyth braf yng nghynghanedd lusg y llinell. A doedd dim diffyg cynghanedd ynof fi. Roeddwn i fel pe bawn wedi fy nrygio, wedi cymryd tabledi anghofrwydd. A doeddwn i ddim. Onid oedd Dr Martin – yr hen Saesnes oedd ar ddyletswydd locwm – wedi gwrthod Anti Magi pan aeth hi ati i ofyn am rywbeth i mi i'm tawelu?

'Tell him to take a stiff tot of whisky,' meddai hi. 'I don't believe in prescribing pills to counter grief. You Welsh always go overboard when there is a death. You should treat it as a natural occurrence!'

Ac felly chefais i ddim tabledi. A doeddwn i mo'u hangen. Roedd digwyddiadau a dyletswyddau'r dyddiau diwethaf, yn ogystal ag afrealrwydd y sefyllfa, wedi tynnu fy meddwl allan o'm corff a'i adael yn hofran rywle uwchben, yn gweld y cyfan, yn deall y cyfan, ond yn teimlo dim o dristwch fy sefyllfa. Roedd fel pe bai'r ergyd wedi bod yn un mor galed nes fy rhoi ar wastad fy nghefn, ac nid oeddwn eto wedi llwyr ddadebru.

'Efe a'm harwain ar hyd llwybrau ...' Glan yr afon. Mor braf! Gwenyn dioglyd yn sïo, bwrlwm cyson yr afon – nenfwd y capel yn troi'n awyr a'r bobl oedd ynddo yn diflannu i'r diffwys glas.

'Ti a arlwyi ford ...' Mor hyfryd oedd y salm.

34

Roedd esmwythdra a thawelwch ynddi. Roedd hi'n falm i eneidiau clwyfus, ac roedd y capel yn rhyfeddol o dawel tra darllenai'r gweinidog yr adnodau cysurlon.

Golchi trosof a wnaeth y weddi. Gwyddwn beth fyddai ei chynnwys cyn ei chlywed. Edrychais rhwng fy mysedd i weld pwy oedd yn bresennol, a gallwn weld rhan o'r galeri a'r seti ochr i lawr y grisiau. Roeddwn i'n adnabod y rhan fwyaf o'r rhai a welwn, er bod cyfran fechan o rai dieithr i mi yno hefyd, yn enwedig ymhlith yr ifanc.

Ar ôl y weddi roedd y coffâd. Dyma arbenigrwydd mawr Issac Morgan. Dyma lle y byddai'n disgleirio. Dyn y coffáu oedd o, ac yr oedd o'n goffâd da. Roeddwn i wedi ei ddarllen cymaint o weithiau nes y gallwn bron ei adrodd efo fo.

Ond doedd arna i ddim eisiau coffâd o unrhyw fath yn y gwasanaeth, fel y gwyddai Anti Magi'n dda.

'Paid â bod yn wirion!' meddai. 'Wrth gwrs bod eisiau coffâd. Does dim rhaid iddo fod yn hir, ond mi fydd pawb yn disgwyl iddo ddweud gair, ac mae eich gweinidog chi yn un da am goffáu. A hyd yn oed pe bai o'n cytuno i beidio, mi fyddai wedi rhoi coffâd wrth esbonio nad oes un i fod. Rhai garw ydi'r gweinidogion yma! Byth yn colli cyfle i ddangos eu hunain.' A dyna frwydr arall a gollais i.

Dechreuodd yn dawel trwy gydymdeimlo â phawb a dweud ei bod yn ei theimlo hi'n fraint i gael gwasanaethu yn yr angladd. Disgrifiodd deimladau trymaidd yr awr. 'Ryden ni wedi dod yma'n dyrfa fawr i gofio ac i gydymdeimlo. Ryden ni'n byw mewn oes o ddatblygiadau technolegol anhygoel, ond er ein holl glyfrwch, er ein holl ddyheu, allwn ni ddim gwneud yr un peth fyddai'n troi ein nos yn ddydd, sef cael Gwennol yn ôl. Pe byddai angau yn barod i gyfnewid gwystlon, fyddai yna ddim prinder gwirfoddolwyr heddiw gan mor llethol yw'r teimladau yn y lle hwn.'

Aeth yn ei flaen i danlinellu rhai digwyddiadau yn ei bywyd, pinaclau troeon ei gyrfa – yn ei dyb o, beth bynnag; troeon trwstan neu chwithig, helynt y fferins yn y cyfarfod plant, a'r ffrog a rwygwyd yn y ddrama Nadolig, yr ymgiprys rhwng y merched i fod yn Mair, ei hymdrechion slafus wrth chwarae'r organ, ei gyrfa a'i galwedigaeth. Daeth â'r cyfan yn fyw i'w gynulleidfa, ac roedd peth chwerthin yn gymysg â'r wylo yng Nghaersalem. Ac yna tynnodd tua'r terfyn, ei lais yn crynu a'i wedd yn welw.

'Beth sy gennym i ddiolch amdano heddiw, mewn awr mor drist, ar amgylchiad mor bruddglwyfus? Y ffaith iddi gael mynd yn ddisymwth, fel diffodd cannwyll. Ni fu'n rhaid i hon ddioddef misoedd o gystudd, misoedd o ddihoeni, ac ni welwyd ei chorff yn dadfeilio a'i meddwl yn dirywio. Fe aeth o ganol ei harddwch, yn dawel, yn ddisymwth, yn ddi-ffŷs – a'n gadael ninnau yn syfrdan. Mae'r chwithdod yn fawr, ond mae'r atgofion yn felys. A chymysgedd o wenu ac o wylo fydd ein cofio ni amdani. Pelydrau'r haul a dagrau'r glaw sy'n creu'r enfys, cofiwch.

'Y mae pob angladd yn achlysur trist. Y mae cofnodi diwedd taith ddaearol unrhyw un yn fater o ofid, er y byddwn ni'n ceisio dweud mai dathlu bywyd y byddwn ni wrth gynnal angladd. Ond mae ffarwelio ag un mor ifanc yn dristwch ychwanegol. Dyw'r ifanc ddim i fod i farw; i henaint y dylai marwolaeth berthyn. Ond, yn anffodus, nid felly y mae hi. Ac am iddi ein gadael yn ifanc mi fyddwn ni am ei delfrydu, am wneud angyles ohoni, heb gofio i gnawd a natur fod yn rhan ohoni hithau. Ac am iddi ein gadael yn ifanc mi fydd yn anos inni i gyd ei gollwng, yn enwedig ei thad. Roedd y ddau yn deall ei gilydd ac yn gymaint o fêts. Ond ei gollwng sy raid, a'm ple i, ie ar ddydd ei harwyl, yw am i chi adael iddi fynd yn rhydd fel yr awel, i ddringo i'r uchelfannau fel aderyn. Oni chafodd hi enw da – Gwennol? Roedd gwanwyn a hoen yn pelydru o'i chyfansoddiad; daeth ag awelon bywyd newydd i chwarae'n dyner ar wynebau pawb y cyfarfu â nhw, a bellach rhaid ichi adael iddi fynd, yn rhydd fel y wennol. Gollyngwch hi! Gollyngwch hi! Gadewch iddi fynd. Er ei mwyn hi, ie. Ond er eich mwyn chi, yn sicr. Allwch chi ddim byw wrth gydio yn llinyn ffedog y marw. Rhaid i chi ymddihatru. Mae hi wedi mynd i blith y cyn arwyr a 'dallan nhw, er ein bod yn credu eu bod yn gwylio drosom, 'dallan nhw ddim byw ein bywydau ni yn ein lle, nac ymladd ein brwydrau. Mi fydd yr wythnosau, y misoedd nesaf yn rhai anodd i lawer ohonoch, i'w thad yn enwedig, ond rhaid i chi gredu y dowch drwyddi yn fwy na choncwerwyr trwy yr Hwn a'ch carodd.'

Daeth y perorasiwn i ben gan adael y gynulleidfa yn fyfyriol ddwys, ac fel pe mewn breuddwyd yn codi i ganu'r emyn olaf ar ôl i'r gweinidog gyhoeddi y byddai te i bawb yn y festri, ac ar ôl iddo ddarllen nifer o ymddiheuriadau gan weinidogion oedd yn methu bod yn bresennol. Wel, doedd dim rhaid iddyn nhw. Doedd arna i ddim eisiau eu presenoldeb. Doedd arna i eisiau presenoldeb neb ond Gwennol, a phe bai hi yma fyddai yna ddim angladd, a byddai gwylwyr y galeri wedi colli pnawn difyr.

Cafodd yr organyddes fflach o ysbrydoliaeth ar ddiwedd y gwasanaeth, a chwaraeodd dôn 'Yr Arglwydd yw fy Mugail'. Dychwelais innau i ryw lesmair rhyfedd fel pe bawn yn torheulo ar ddolydd Elysian, yn gwrando ar fwrlwm cyfeillgar yr afon a'i threigl dros y cerrig, ar furmur gwenyn a phryfetach, ar fref dafad, ar gri aderyn, ac ar y tawelwch oedd yn gefnlen i'r cyfan.

Ond torrwyd ar hwnnw gan lais yr ymgymerwr yn sibrwd yn fy nghlust a'i law yn gafael yn dynn yn fy mraich. 'Mae'n amser mynd,' meddai, ac allan â mi i ddilyn yr arch ar ei thaith i'r amlosgfa.

RHAGFYR 15 1998

Rwy'n adnabod llwybrau Coed y Fronallt fel cefn fy llaw. Hanner ffordd drwy'r goedwig mae'r llwybr yn gwahanu'n ddau – un yn mynd ymlaen drwy'r coed ac allan i'r caeau, a'r llall yn ymdroelli ac ymddolennu nes dod yn y diwedd yn ôl i'r un fan.

Ar lwybr felly yr wyf y dyddiau hyn, yn troi a throi a throsi, ac yn mynd i unman. Y mae yna ddrain a mieri mewn coedwig, ac y maent yn fy nal, yn fy nghaethiwo. Rwy'n ceisio torri'n rhydd ond mae eu gafael yn tynhau fel y mae gafael yr un meddyliau dro ar ôl tro yn fy mygu.

Aeth Anti Magi yn ôl i'r de bythefnos yn ôl, ac rwy'n falch ei bod wedi mynd. Bydd Abertridwr yn well o'i chael yn ôl. Chwarae teg iddi, roedd hi'n gwneud ei gorau a bu'n dda imi wrthi, pe bawn i ond yn fodlon cyfaddef hynny. Roedd hi'n gwirioneddol boeni amdana i, ond roedd dal pen rheswm a chwarae rhan fel pe bawn i ar lwyfan drama am ei bod hi yma yn gryn straen, a phan gyhoeddodd ei bod yn meddwl y gallwn i ymdopi hebddi a'i bod am ddychwelyd, cododd rhan fechan o lwyth beichiau bywyd oddi ar fy ysgwyddau. Ond gyda'r gobaith yr oedd bygythiad – yr awgrym y gallai ddod i dreulio'r Nadolig efo fi.

Roedd hi eisoes yn camu ymlaen, yn dychwelyd i fyw bywyd fel yr arferai ei fyw cyn y ddamwain. Wnâi marwolaeth Gwennol yr un rhithyn o wahaniaeth i'w bywyd hi.

Cwmwl bychan iawn yn ffurfafen ddu fy mywyd oedd ei bygythiad i ddychwelyd dros y Nadolig. Fyddwn i ddim yn dathlu p'run bynnag. Sut y gallwn i ddathlu gŵyl oedd yn cofio geni baban i'r byd? Dyw genedigaeth plentyn bach yn ddim rheswm dros ddathlu. Dechrau gofidiau ydi o. Beth fyddai hen weinidog yn yr ardal flynyddoedd yn ôl yn arfer ei ddweud hefyd pan fyddai'n cynnal angladd rhywun mewn oed? 'Peidiwch wylo pan fo hynafgwr yn cael ei gladdu; wylwch pan fo baban bach yn cael ei fedyddio.' Creadur di-wraig, di-blentyn oedd y gweinidog hwnnw, ond rwy'n deall heddiw beth oedd ganddo fo.

Does gen innau na gwraig na phlentyn erbyn hyn chwaith. Yn union fel y fo. Na, nid fel y fo chwaith. Mi wn i beth fu cael gwraig – a phlentyn. Ni ellir colli'r hyn nas cafwyd, ond mae colli'r hyn a gafwyd yn gallu creu uffern. Mewn gwirionedd dyw'r tŷ ddim gwacach na dim llawnach heddiw nag oedd o cyn y brofedigaeth, gan nad oedd Gwennol yn dod adref ond unwaith bob pythefnos. Ond nid mater o absenoldeb y cnawd o'r fan a'r lle yw unigrwydd. Yr hyn sy wedi digwydd i mi yw fod yr hyn oedd yn gwneud popeth arall mewn bywyd yn ystyrlon, yn rhoi gwrid ar fochau fy modolaeth, wedi mynd. Dyw'r haul ddim yn disgleirio bob amser ac mae'r mannau sy mewn cysgod yn dywyll a diflas. Ond o leia mae'r haul yn dal mewn bod, ac fe ŵyr pawb hynny. Dyw heulwen fy mywyd i ddim yn bod bellach. Mae hi'n ddyrnaid o lwch wedi ei wasgaru dros wely blodau yn yr amlosgfa.

Na, does ganddi ddim bedd. Fyddai hi ddim eisiau un. Byddai'n feirniadol iawn o bobl oedd yn sicrhau beddau i'w hanwyliaid ac yna'n eu hesgeuluso. A phwy fyddai ar ôl wedi i mi fynd i gadw bedd Gwennol yn daclus? Neb. Gwasgarwyd ei llwch mewn gwely cennin Pedr – un o'i hoff flodau, a symbol o'i gwladgarwch tanbaid.

Fydd gen i felly yr un allor i blygu wrthi i'w haddoli. Fydd yna ddim rheidrwydd i fynd yn gyson o wythnos i wythnos, o fis i fis, i roi blodau ar ei bedd fel y gwelais i eraill yn ei wneud gyda'u hanwyliaid. Fydda i ddim yn gorfod edrych yn wynebdrist ar ei henw wedi ei gerfio mewn marmor. Fydd yr un adnod yn gysur na gwamalrwydd ar faen. Fydd yna ddim oedran ar garreg i fforddolion ac ymwelwyr achlysurol â'r fynwent resynu uwch ei bedd.

Mi wn fod pobl yn fy ngweld i'n od. Chwarae teg i'r gweinidog, ddywedodd o'r un gair pan gyhoeddais mai gwasgaru ei llwch yn yr amlosgfa oedd fy nymuniad, ac mai dyna fyddai ei dymuniad hithau. Ddywedodd o ddim, ond cododd ei aeliau y mymryn lleiaf. Oedd, roedd o'n gwybod beth oedd y gwir reswm.

Na, doedd arna i ddim eisiau cofio am Gwennol mewn mynwent, mewn bedd. Roedd arna i eisiau cofio amdani yn fyw, yn iach, yn hoenus, yn llawn asbri, ac nid mewn mynwent y mae pethau felly yn bodoli, ac nid gosod carreg fedd yw'r ffordd orau i ddathlu bywyd. Roedd fy rhesymau yn swnio'n rhai dilys, ond gwyddai'r gweinidog nad dyna'r gwir i gyd.

*   *   *

41

Doedd hi ddim yn hawdd codi heddiw. Roeddwn i wedi rhyw lun o gysgu yn ystod y nos ac wedi cael breuddwyd erchyll, neu hunlle neu weledigaeth. Yna, tua'r bore cefais freuddwyd ddymunol braf lle'r oeddwn i'n arnofio fel pe bawn ar gwmwl o wlân cotwm, yn dawel a heddychlon. Roeddwn i a Gwennol wedi mynd ar wyliau efo'n gilydd. Roedd hynny wedi bod yn fwriad ganddi, meddai hi, ac yn y freuddwyd dyna lle'r oedden ni yn mwynhau profiadau amrywiol wythnos yn Ffrainc yn nhes haf, lle'r oedd y bwyd yn dda a'r gwin yn gysur. Dyna fyddai ei hanrheg ymddeoliad i mi, a gwyddwn ei bod wedi dechrau cynllunio ar ei gyfer.

Roedd deffro a chofio fel dyrnod giaidd yn fy stumog, fel disgyn trwy iâ tenau i ddyfroedd oerion y pwll, fel troi cornel a chael fy hyrddio i'r llawr gan rym y gwynt. Doedd ond un amddiffynfa – tynnu'r dillad dros fy mhen a swatio yno yn y gwely o olwg pawb, yn ddiogel dynn ym myd bach fy ngofid. Neb i'm gweld yn ochneidio, neb i weld fy nagrau na chlywed fy ngriddfannau, neb fyddai angen esboniad am fy ymddygiad, neb i orfod dweud dim wrtho. Yno fy hunan wedi fy lapio ym mrethyn garw fy hunandosturi. Yno yn codi fy mhenliniau at fy ngên fel pe bawn yng nghroth fy mam, yn gwthio cornel y flanced i'm ceg fel pe bawn yn fabi, yn sugno fy mawd i geisio cysur fel pe bawn yn blentyn bach.

Yno dan y dillad adroddais drosodd a throsodd englyn Goronwy Owen, englyn a gyfansoddodd pan gollodd yntau ferch: 'Mae cystudd rhy brudd i'm bron . . .' Sawl tro yr adroddais i'r llinell gynta dros y blynyddoedd a meddwl ei bod yn mynegi gormodiaith? Sut y gall cystudd fod yn *rhy* brudd? Prudd-der yw ei hanfod! Tan heddiw. Mi wn i'n iawn erbyn hyn sut roedd o'n teimlo. Adeiladwaith brau sydd i'r corff ar y gorau; nid yw'r cnawd a'r gïau, y cyhyrau a'r esgyrn ond rhannau o wead gwan, a phan ddaw profedigaeth i eistedd arno fel grym anferthol trwm, mae'r teimlad o wasgfa yn annioddefol, yn rhwystr gwirioneddol sy'n llesteirio anadlu naturiol. A dyw adeiladwaith y teimlad ddim cryfach na'r corff. Meddyliwn mai ffansi geiriau ac iaith oedd sôn am galon fach yn torri, am galon yn gwaedu, am deimladau dyfnion oedd yn ymestyn fel gwreiddiau cancr y tu hwnt i ffiniau bodolaeth. Chefais i erioed deimladau mor angerddol â hynny; ddim wrth garu a phriodi, ddim wrth fod yn dad i Gwennol, ddim wrth lwyddo neu fethu yn fy ngwaith, ddim wrth ffarwelio â theulu a chydnabod, ddim mewn priodas na bedydd nac angladd. Dim ond yng nghyfnod y gwahanu mawr a phan drewais i Shirley. Ni fyddai peryg i mi brofi dialedd un o gyndadau Meddygon Myddfai am chwerthin mewn cynhebrwng neu wylo mewn neithior. Na, creadur dideimlad, mympwyol, carwr fy hunan-les fûm i erioed.

Ond heddiw mae'r duw hunandybus yn ddynan, y cawr yn gorach. Fe'm lloriwyd yn llwyr. Yn llwyr? Do, yn llwyr. Rwy'n ymresymu, yn siarad efo fi fy hun yn gall, yn fy mherswadio fy hun fod popeth yn iawn, ac yn dod yn ôl i'r un fan o hyn. Rwyf ar y llwybr drwy'r goedwig nad yw'n arwain i unman.

O, Dduw! Mi wnawn i unrhywbeth i'w chael hi'n

ôl. Does dim na neb yn cyfri ond y hi. Mae pawb wedi mynd; does neb arall yn bod beth bynnag. Mae'r cymdogion wedi cilio – doedden nhw'n ddim i mi ond niwsans – ac adre yr aeth y teulu, pob un aelod a'i lygaid yn llaith, pob un efo'i ofid personol. Pawb a'i feddyliau personol yw hi, ac roedd pawb eisoes wedi dechrau anghofio hyd yn oed cyn gadael. Fu bywyd a bodolaeth Gwennol brin yn grych dros dro ar lyfnder esmwyth eu byw a'u bod nhw. Ie, wedi mynd y mae pawb a'm gadael innau yn unig. Wel, mi alla i faddau iddyn nhw am fynd, ond alla i ddim maddau i Gwennol.

O, Dduw! Mi wnawn i unrhywbeth i'w chael hi'n ôl. Beth ddywedodd y gweinidog yn ei hangladd – rhywbeth am angau yn cyfnewid gwystlon, ac na fyddai yna brinder gwirfoddolwyr pe bai hynny'n wir? Oedd o'n iawn? Pwy, mewn gwirionedd, fyddai'n barod i gyfnewid ei fywyd ei hun am fywyd Gwennol? Pwy o'r gynulleidfa niferus, ddagreuol a ddaeth yno i gofio ac i gydymdeimlo fyddai'n barod i droedio glyn cysgod angau er mwyn i'm Persephone i gael dianc o'r isfyd? Neb. Geiriau gwag oedd eu mynegiant o dosturi, geiriau dwys yn haen denau o wedduster i guddio gwacter anniffuant eu teimladau. Doedd eu dagrau yn ddim ond llen o ofid i guddio balchder y ffaith eu bod nhw'n fyw. Roedd pawb yn yr angladd yno i ddathlu bywyd Gwennol, medden nhw. Choelia i fawr. Yno i ddathlu eu bod nhw yn fyw yr oedden nhw. A phe bawn i wedi rhoi'r cyfle iddyn nhw mi fydden wedi canu ag arddeliad 'am fy mod i heddiw'n fyw mi rof deyrnged o glod a mawl i'm

44

Harglwydd Dduw am fy arbed'. A phe baen nhw'n onest mi allen fod wedi ychwanegu – 'am f'arbed i a chymryd Gwennol'. Dathlu yr oedden nhw yn yr angladd, dathlu nad enwau yr un ohonyn nhw oedd ar y fwled a daniwyd gan gadfridog bywyd a marwolaeth.

O, Dduw! Mi wnawn i unrhywbeth i'w chael hi'n ôl. Wnawn i? Wrth fyfyrio fel hyn daw hunlle neithiwr yn fyw i'r meddwl, yn drymlwythog o fygythiad ac o feirniadaeth, yn ddidostur ei gyhuddiad.

Rwyf ar lwybr y goedwig, ac ar gamfa simsan mae gŵr rhyfedd yn eistedd, un nad oes modd gweld ei wyneb. Ond mae ganddo lais, a hwnnw'n un soniarus, clir. Mae'n rhoi cynnig i mi fel pe bai'n arwerthwr mewn marchnad eneidiau – fy einioes i am einioes Gwennol. Mor syml! Dim is-gymalau, dim print mân, dim eithriadau i bolisi adfer fy merch i'w llawn fywyd ac iechyd. 'Strêt swop.' Dyna ei eiriau. Dyna ei gynnig, yn uniongyrchol ddiamwys, a does raid i mi ond nodio fy nghytundeb a bydd yr arwerthwr yn taro ergyd â'i forthwyl i selio'r fargen yn y fan a'r lle.

Ond nid presenoldeb y gŵr diwyneb yw'r hunlle, nid ei gynnig chwaith, ond fy amharodrwydd i dderbyn y cynnig, neu'n hytrach fy mharodrwydd i beidio â'i dderbyn. Gallaf ymresymu fel hyn: eisiau Gwennol yn ôl fel rhan o'm bodolaeth i yr wyf, ac os na fyddaf i'n bod, pa les fydd iddi ddychwelyd?

Does dim rhaid i mi fynegi fy meddyliau wrth y gŵr ar y gamfa. Mae'n eu gwybod. Ac fe dry'n ddiwyneb ataf a chrechwen lond ei lais:

'Ddysgaist ti mo'r wers. Dyw'r brofedigaeth wedi dileu dim ar dy hunanoldeb. Yr un un wyt ti ag erioed, tydi barchus, hunanfodlon, balch. A minnau'n meddwl y byddai aberthu Gwennol yn bris gwerth ei dalu am roi ailenedigaeth i ti, ac y byddai ei cholli hi yn dod â thi at dy goed. Ond y ti hunangar, mewnblyg wyt ti o hyd. Os wyt ti'n ei charu cymaint, os wyt ti'n gofidio cymaint iti ei cholli, pam na wnei di'r aberth terfynol a rhoi dy hun yn ei lle? Pam na wnei di dderbyn yr achubiaeth unfed awr ar ddeg cyn i ddrws trugaredd gau yn glep yn dy wyneb? "Cariad mwy na hwn nid oes gan neb", cofia.'

Y mae nodwyddau ei wawd yn gwanu fy nghnawd at yr asgwrn.

'Rwyt ti'n dawel iawn. Dwyt ti'n dweud dim. Beth sy? Ydi'r gwir yn brifo? Ydw i wedi tynnu gwaed? O, paid â gofidio. Does dim rhaid i ti ddweud dim. Mi wn i beth sy'n mynd trwy dy ben di heb i ti roi geiriau i'th feddyliau. Dwyt ti ddim yn barod i wneud yr aberth terfynol, wyt ti? Pa ddyfnder sydd i'th ofid, d'wed? Dyfnder y pwll dŵr ar faes chwarae? O'r gore 'te, gan nad wyt ti'n barod i wneud yr aberth terfynol, mae'r cynnig yn cael ei dynnu'n ôl, a ddaw o ddim i ti eilwaith. Na hidia; rhan o dy drallod di yw'r ffaith nad wyt ti'n barod i aberthu dy hun i'w hadfer. Ond mi wn i hefyd nad hynny sy'n dy boeni di fwyaf. Nad dyna dy gur gwirioneddol di. Ond cofia, mi wn i beth yw hwnnw hefyd!'

Dyna pryd y deffrois i yn chwys oer drosof, a dyna pryd y sylweddolais i mai hunlle a gefais i. Ar ôl hynny hefyd y llithrais i yn ôl i gwsg anesmwyth a chael breuddwyd ragorach na'r hunlle. Rhaid bod angylion o'm tu i yn rhywle o hyd, neu eu bod yn cael hwyl am fy mhen.

Yna deffro, a'r un hen syniadau yn mynd rownd a rownd, y freuddwyd, yr hunlle – yr un pethau yn llenwi ystafell fy meddwl. Ond nid dyna'r gwae mwyaf chwaith – nid y llwybr nad yw'n arwain i unman, nid y drain sy'n drysu a thagu, nid y tywyllwch di-haul, ac nid y gŵr diwyneb ar y gamfa. Na, y lleisiau yw'r drwg.

Mae pob coedwig yn llawn lleisiau. Rwyf wedi bod yn ymwybodol ohonyn nhw erioed. Su yr awel yn y brigau, siffrwd cynhyrfus y dail ac ymgripiad gochelgar anifail yn y drysni, dyna yw lleisiau'r goedwig, meddai'r di-gred a'r diddychymyg. Ond mi wn i'n amgenach.

Mae lleisiau coedwig fy modolaeth i yn lleisiau go iawn. Maen nhw'n fy nilyn i bobman; maen nhw'n fy erlid i; maen nhw'n bresennol yng nghuriad fy nghalon ar fy arlais; maen nhw'n treiddio trwy obennydd fy ngwely; maen nhw'n bosteri ar furiau ystafelloedd simsan fy mywyd. Maen nhw'n rhan annatod ohonof. Ac maen nhw'n dweud un peth, yn cyhoeddi un peth, un neges ddamniol, glir – 'Ti a'i lladdodd hi!'

Y mae'r geiriau yn ddyrnodau yn fy mhen, yn byls trwy fy ngwythiennau. 'Ti a'i lladdodd hi.' Dwi ddim yn cofio pryd y clywais i'r lleisiau gyntaf. Ai pan oeddwn i'n edrych ar gorff Gwennol pan fu'n rhaid i mi ei hadnabod? Rydw i wedi ceisio cael gwared o'r lleisiau hyn. Wedi ceisio defnyddio pob tric posib, wedi fy herio fy hun. Bore ddoe ddwytha yn y byd llwyddais i wneud cwpaned o de cyn i'r gloch ar y popty meicrodon ganu; llwyddais i roi menyn ar ddarn o dost cyn i'r record ar Radio Cymru orffen, ac roeddwn i wedi gwasgu dau oren a malu'r croen yn ddarnau mân cyn i fys y cloc gyrraedd pen yr awr. Byddai hyn yn arfer gweithio gyda dyheadau syml fy mywyd. Ond doedd dim yn tycio. Roedd y lleisiau yno o hyd yn chwarae mig â mi, yn dannod i mi, yn fy herio, yn fy ngwawdio.

'Felly dyna pam nad wyt ti eisiau bedd iddi – rhag iti gael dy atgoffa ddydd ar ôl dydd mai ti a'i lladdodd hi,' meddwn yn uchel wrth fy ystafell wely.

Mae'r lleisiau yn 'cau gadael llonydd i mi; maen nhw ym mhobman, yn brint ar waliau, yn sŵn mewn clustiau, yn gyfeiliant i bopeth a wnaf, yn thema ailadroddus yn symffoni ansoniarus fy mywyd.

Ac mi wn eu bod yn iawn, eu bod yn dweud y gwir. Dyna'r hunlle, oherwydd myfi a'i lladdodd cyn sicred â phe bawn i wedi rhoi cyllell ynddi. Ac fe ŵyr y gweinidog hynny. Dyna'r esboniad ar yr olwg ar ei wyneb pan fydd yn edrych arnaf. Mae fel edrychiad Crist yn y llys wedi i'r ceiliog ganu; yn gyhuddgar drist.

*   *   *

Rwy'n cofio'r amser yn iawn, wyth mlynedd yn ôl, pan oedd Gwennol yn ddeunaw oed. Rwy'n cofio'r manylion heddiw fel pe bai'r cyfan wedi digwydd ddoe.

'Cymraeg! Cymraeg? Gradd mewn Cymraeg o bopeth dan haul! Beth fydd honno'n da i ti?'

'Dyna oeddet ti am ei wneud taset ti wedi mynd i'r brifysgol.'

'Dyhead ffôl rhieni diddeall. Wnes i ddim gwrando arnyn nhw, diolch i'r drefn. Beth fydd gradd mewn Cymraeg yn da i ti, yn enw pob rheswm?'

'Wel, mi alla i fynd yn athrawes – uwchradd neu gynradd. Ac mae digon o alw am y rheini.'

'Athrawes? Mae pawb yn mynd yn athrawon! Wyt ti o ddifri? Wyt ti eisiau bod yn un o'r brid hwnnw o bobl hunandosturiol, cyfyng eu gorwelion, yn byw o benwythnos i benwythnos, o hanner tymor i hanner tymor, o wyliau i wyliau?'

'Mae 'na lawer i'w ddweud dros fywyd athrawes.'

'Mae 'na lawer i'w ddweud dros fywyd twrch daear! Rwyt ti'n nabod digon o athrawon. Rwyt ti wedi'u clywed nhw. Yn cwyno am eu horiau, yn cwyno am y gwaith papur, yn cwyno nad yw'r plant yn gwrando arnyn nhw, yn cwyno nad ydyn nhw'n cael digon o gyflog. Cwyno, cwyno, a hynny heb achos. Gwennol fach, wyt ti wirioneddol eisiau chwyddo eu rhengoedd nhw?'

Dwi'n cofio 'mod i'n gwbl afresymol ar y pryd. Yn cerdded o gwmpas yr ystafell fel pe bawn i'n garcharor mewn cell, fel pe bawn i'n anifail mewn sw. A'r cyfan yr oedd Gwennol druan wedi ei ddweud oedd ei bod yn ystyried gwneud gradd yn y Gymraeg.

Mi ddywedais i fwy.

'Roeddwn i wedi meddwl y byddai gan ferch i mi fwy o uchelgais na mynd i un o'r colegau cyfyng ei orwelion yng Nghymru, lle nad yw'r uchafbwyntiau cymdeithasol yn gwneud dim ond cynnal economi'r tafarnau lleol. Roeddwn i wedi meddwl y byddai gan ferch i mi fwy o uchelgais na bod yn athrawes lygodaidd, ddinod, ddiniwed yn siarad am bobl eraill mewn ystafell staff am weddill ei hoes. Roeddwn i wedi meddwl y byddai gan ferch i mi amgenach bwriadau na hynny. Mynd i Rydychen neu Gaer-grawnt, efallai, i ddatblygu personoliaeth a mireinio dawn, cyn dychwelyd i wasanaethu cymdeithas.'

Oeddwn, roeddwn i wedi dweud hynny wrthi. Wedi siarad amdani fel pe na bai hi yno. Wedi dweud popeth ond yr ystrydeb, 'cofia merch i bwy wyt ti!' Roeddwn i wedi dadlennu cymaint o'm rhagfarnau nes bod Gwennol yn edrych yn gegrwth arnaf. Ie, fi, oedd yn prysur ddringo'n uchel yn y banc i gyflawni gwasanaeth nad oedd yn ddim ond edrych ar ôl pres pobl – y rhan fwyaf ohonyn nhw yn rhai nad oedd digon iddyn nhw i'w gael. Fi oedd yn cael gyrfa mor ddi-fudd, mor llewyrchus gyda gobaith am ymddeoliad cynnar ar bensiwn hael, yn deisyfu y byddai bywyd a galwedigaeth fy merch yn fywyd o wasanaeth i gymdeithas a chyd-ddyn!

Y fath ragrithiwr! Eisiau i fywyd Gwennol fod yn lanhad personol i mi!

Roeddwn i wedi ei brifo, dwi'n cofio. Fe gochodd at ei chlustiau ac roedd dagrau yn llenwi ei llygaid. Aeth o'r ystafell ar ei hunion ac ar ei hyll, a'm gadael i yno i ddifaru 'mod i wedi agor fy hen geg.

Ond fe weithiodd. Ddeuddydd yn ddiweddarach, ar ôl cyfnod o radd is na'r rhewbwynt yn nhymheredd ein perthynas, roedd hi'n ôl gyda'i chynnig nesaf.

'Dwi wedi penderfynu dilyn cwrs gradd mewn cyfathrebu yn hytrach na Chymraeg.'

Wel, os methais i gau fy ngheg y tro cynta, mi fethais yr eildro'n sicr.

'Cyfathrebu!' Mi ges i hwyl ar boeri'r gair o'm genau fel pe bawn i'n cael gwared â chrawn. 'Gradd mewn cyfathrebu! Gradd dda i ddim, gradd a luniwyd ar gyfer pobl nad oes ganddyn nhw mewn gwirionedd y gallu i gael gradd, mewn cymdeithas sy wedi ffoli ar bobl sy'n cael llythrennau ar ôl eu henwau.'

'Paid â bod yn gymaint o snob, Dad.'

Roedd ei hwyneb yn goch a'i llygaid yn melltennu. Roedd hi wedi ei chythruddo go iawn.

Ond doeddwn i ddim am ildio.

'A beth wnei di ar ôl cael y radd geiniog a dimai yma, os gwn i?'

'Mynd i weithio i'r cyfryngau.'

'I'r cyfryngau!' Pe bai gen i ddannedd gosod llac fe fydden wedi saethu ar draws yr ystafell. 'Waeth i ti arwyddo deiseb o blaid alcoholiaeth ddim. Waeth iti arwyddo dy fod o blaid hoywon a lesbiaid, o blaid gwely neidio a godinebu ddim. Mae'r cyfryngau'n frith o bethau felly. Prifysgol trachwant ydi'r cyfryngau! Does raid i ti ond darllen *Lol* bob blwyddyn i wybod hynny.'

Os oedd hi wedi cynhyrfu cynt, roedd hi'n lloerig erbyn hyn, fel llygoden fawr a drywanwyd gan bicwarch yn troi ei phen i geisio cnoi'r dur.

'Rhag dy gywilydd di'n dweud y fath beth! Beth

wyddost ti pwy ydi neb? Wyddost ti ddim be ydi'r dynamo sy'n gyrru neb ohonom. Does yr un owns o drugaredd na thosturi na goddefgarwch yn perthyn i ti. Sut ges i'r fath dad!'

Yr eiliad nesa roedd hi'n beichio crio a dagrau ei hieuengrwydd gonest a'i dicter cyfiawn yn llifo'n ddiatal i lawr ei gruddiau. Allwn innau, gachwr ag ydw i, ddim goddef y fath beth. Mi es allan i grwydro'r caeau i geisio tawelu ymchwydd y storm yn fy mynwes, i gerdded deg cam mewn saith eiliad, yna deg cam mewn chwe eiliad. Ond doedd y sialens ddim yn ddigon; roedd yn rhaid iddo fod yn ddeg cam mewn pedwar eiliad a hynny heb ddechrau rhedeg. O, roedd y peth yn amhosib, a'r sialens yn ormod. Fyddai yna byth dawelu ar y storm. Roeddwn i wedi colli Gwennol am byth!

Ond doedd hynny ddim yn wir. Hi a roddodd olew ar y dyfroedd yn y diwedd; hi a dynnodd y gwres o'r llid; hi a adferodd y sefyllfa. Gwennol addfwyn, gariadus, nad oeddwn deilwng ohoni. Rhedodd ataf fel Clöe Monastîr a thaflu ei breichiau am fy ngwddw.

'Sorri, Dad. Mi ddywedais i bethau na ddylswn i fod wedi eu dweud. Wnei di faddau i mi? Doeddwn i ddim yn gwybod beth oeddwn i'n ei ddweud. Roeddwn i wedi cynhyrfu cymaint. Sorri, Dad. Mae'n wirioneddol ddrwg gen i.'

'Na, fi ddylai ddweud sorri, nid ti. Fi ddywedodd bethau rydw i'n difaru eu dweud. Ond eisiau dy weld yn gwneud rhywbeth gwerth chweil efo dy fywyd yr ydw i.'

Roeddwn i fel ci efo asgwrn.

'Eisiau dy weld yn gwasanaethu eraill. Dwi wedi canu cymaint ar yr emyn "Fe'm galwyd gan fy Nuw i wasanaethu f'oes" a dwi erioed wedi gallu ymwadu digon â fi fy hun i wneud hynny. Dwi wedi gadael i'm lles fy hunan, i wanc am statws, reoli fy mywyd; llwyddiant bydol yw'r brif seren yn ffurfafen fy uchelgais.'

'Dad, dwi erioed wedi meddwl amdanat ti fel yna,' oedd ei hateb syn.

'Wel, mae o'n wir. A dwi ddim eisiau i ti ddilyn yr un llwybr o hunanoldeb cul â dy dad – na dy fam o ran hynny.'

Ddeuddydd yn ddiweddarach daeth ataf drachefn i ddweud ei bod am ddilyn cwrs mewn cymdeithaseg yn y coleg.

Fe fu'n rhaid imi lyncu 'mhoer pan glywais i hyn. Roedd gen i fy rhagfarnau yn erbyn cymdeithaseg a'r gwasanaethau cymdeithasol hefyd. Criw o hipis hirwallt oedden nhw i mi. Ond efallai wedi'r cyfan ei fod yn llwybr gwerth ei gerdded a bod yna agoriadau di-ri yn y maes, a gobaith am ddyrchafiad sydyn i'r rhai oedd o ddifri; ac mi wyddwn fod Gwennol yn ferch gydwybodol yn anad dim.

Aeth hi ddim i Rydychen na Chaer-grawnt, ond fe wnaeth yn dda a chael gradd dosbarth cyntaf ym Mangor. Cafodd swydd yn Adran Blant Gwasanaethau Cymdeithasol yr awdurdod lleol, ac wrth ddilyn yr alwedigaeth honno, un bore tywyll o Dachwedd, fe'i lladdwyd. Gallasai fod yn ddiogel mewn stiwdio deledu neu mewn ysgol taswn i heb fusnesa, ond mewn car bach coch ar ffordd unig, yn gwasanaethu cymdeithas fel y deisyfais i ei gweld yn ei wneud yr oedd hi pan aeth i'w thranc. Gwnaeth iawn am fy mywyd o hunan-fudd; tynnodd wenwyn fy uchelgais o'm cyfansoddiad i a'r gwenwyn hwnnw oedd achos ei marwolaeth.

Ac felly mae'r lleisiau yn yngan un frawddeg i'm gwatwar, i'm poenydio.

'Ti a'i lladdodd hi.'

Chwefror 7 1999

Dechreuodd heddiw'n dda. Gwn fod taith anodd o'm blaen; mae'r cwest yn disgwyl amdanaf, cwest y bydd yn rhaid i mi ei wynebu fy hun, heb gymorth neb. Fydd gen i'r un cyfaill i raffu fy hun wrtho'r diwrnod hwnnw. O'm blaen hefyd y mae cors anobaith, nad wyf eto wedi suddo iddi. Ond heddiw, am y rhan fwyaf o'r dydd, rwyf fel pe bawn ar lethrau tyner, caredig godre'r mynydd. Nes i gysgodion y nos ddisgyn arnaf.

Dechreuodd heddiw'n dda. Wnes i ddim ymdroi yn y gwely; wnes i ddim fy ngwneud fy hun yn fach; wnes i ddim gwthio'r flanced i'm ceg na sugno fy mawd. Heddiw roeddwn i'n gallu fy ffieiddio fy hun am wneud y fath beth. Diolch nad oedd neb yn fy ngweld. Na, mi godais, gyda rhyw gymaint o asbri gan fy mod i wedi penderfynu creu oriel i'm hatgofion.

Dechreuodd heddiw'n dda, ond fe orffennodd yn wael!

Mae'r tŷ yn llawn o Gwennol. Nid oes na dilledyn na dodrefnyn yma na chyffyrddodd hi ynddyn nhw yn ystod ei hoes fer. Nid oes na chrair na chelficyn nad oes iddyn nhw eu stori, stori sy'n cysylltu'n uniongyrchol â hi. Mae ei sawr yn hofran yn yr awel fel sawr blodau mewn gardd. Mae ei threfnusrwydd a'i thaclusrwydd i'w gweld yn llinell syth y llyfrau ar y silffoedd, ym mhentyrrau taclus papurau a chylchgronau, yng nghymesuredd y pethau ar y silff ben tân. Mae ei glanweithdra wedi tynnu'r llwch o'r corneli, wedi ei sugno o'r carpedi ac wedi ei olchi oddi ar bob darn o lawr a wal.

Mae ei gofal amdanaf fi i'w weld yn y pentyrrau o ddillad a dillad gwlâu ym mhob drôr a chwpwrdd. Pan fu farw yr oedd popeth yr oedd arna i ei angen yn ei le priodol yn y tŷ; doedd dim allan o drefn, dim byd yn y lle anghywir. Roedd y tŷ fel yr oedd ei desg pan oedd yn ddisgybl ysgol, ac fel yr oedd hi ei hun, mor gymen, mor drefnus. Mae'n dechrau mynd yn flêr ac yn fudr erbyn hyn, ond mi daclusais beth arno y bore 'ma, o barch i Gwennol.

Roedd hi yn eicon o berffeithrwydd, yn wastad ei thymer, yn oddefgar tuag at eraill, a'r unig ffromi a welais i yn gwmwl ar ei gwedd oedd y dicter a deimlai pan oedd annhegwch yn teyrnasu. Mae hi'n haeddu cael ei chofio, ac fe gaiff.

Ond er bod popeth yn y tŷ yn gofadail iddi, a'r tŷ ei hun yn gofgolofn, dyw hynny ddim yn ddigon i mi.

Na, mae arna i eisiau fy moddi fy hun mewn creiriau, eisiau fy llethu fy hun gan y cof amdani, eisiau anadlu gwyntoedd oerion y storm a dorrodd uwch fy mhen nes bod fy ysgyfaint yn ddolur, eisiau troi fy wyneb tua'r ddrycin nes bod picellau cyfiawnder y dymestl yn trywanu fy nghnawd. Ond yn fwy na dim mae arna i eisiau dal gafael ynddi. Do, mi glywais droeon mewn angladd y darlleniad am fynd i'r ystafell nesaf, y geiriau sy'n dweud nad yw'r trancedig byth ymhell i ffwrdd, nad oes ond llen denau rhwng y byw a'r marw. Wel, rwy'n credu hynny heddiw; mae arna i eisiau credu beth bynnag, a chredu y gellir, o feithrin y synhwyrau'n briodol, ymdeimlo fel y dwyreiniwr â chryn dipyn o ddirgelwch annelwig y tu hwnt, a dod i gymundeb bywiol â'r sawl sy wedi croesi.

Yr wyf felly am greu'r amgylchiadau fydd yn tynnu Gwennol yn ôl. Ac unwaith y daw yn ôl chaiff hi ddim ymadael mwy; chaiff hi ddim dianc. Chaiff angau mo'i meddiannu.

Mi a adwaen ei driciau. Rwy'n adnabod ei lais. Mi wn iddo roi cynnig teg ar fy nenu i'w fagl, iddo geisio fy rhwydo i dderbyn y fargen a gynigiai. Mi wn iddo gyfeilio'i alaw ar dannau fy nghydwybod a defnyddio hyd yn oed fy mreuddwydion i geisio dwyn ei gynlluniau i ben. Ond waeth iddo heb. Rydw i gam o flaen y diawl a chaiff o mo'i ffordd, na chaiff byth. Mi ddygaf i Gwennol yn ôl, yn ôl i'r fan lle dylai fod, i'r fan na ddylasai fyth fod wedi ei gadael.

Mae ei llofft a'i gwely heb eu cyffwrdd, ac fe'u cadwaf felly. Mi roddaf gannwyll ym mhob ffenestr yn y tŷ, a lluniau ohoni ar bob wal. Chaiff hi ddim mynd yn angof. Caiff fod yn hollbresennol. Fe fydd llenwi'r tŷ â'i lluniau a'i phosteri, ei straeon a'i nodiadau, ynghyd â lluniau ohoni, yn dod â hi yn ôl, ac yn ei chadw gyda mi rhag iddi ddianc. Fedra i ddim byw hebddi – a dydw i ddim yn bwriadu gwneud chwaith. Fi piau hi. Cnawd o'm cnawd ydyw. Gwaed o'm gwaed.

Ac felly, yn orffwyll bron, dyma fynd ati i ddewis a dethol o'r llyfrau sgrap sy gen i, o'i gwaith hi ei hun, yn arlunwaith a gweithiau llenyddol a gyfansoddwyd mewn ysgol a choleg ac ar gyfer eisteddfodau lleol. Dewis wedyn o'r casgliadau o luniau sy wedi eu cadw'n ddiogel, ac mewn trefn amseryddol, gan Gwennol ei hun. Mi fûm wrthi drwy'r dydd.

Cychwyn yn y gegin fyw, oddi yno i'r gegin gefn, yna ar hyd y cyntedd, ar hyd y landin ac i'm llofft – dyna lwybr y lluniau a llwybr yr atgofion.

Yn y gegin fyw gosodais luniau ohoni'n fabi ac yn blentyn bach. Fy ffefryn ymysg y rheini yw'r un ohoni'n sugno lolipop gymaint â hi ei hun y tu allan i un o ogofâu Cheddar. Mor annwyl y mae'n edrych yn y llun yma, mor ddiniwed, mor felyn ei gwallt, ond hyd yn oed yn hwn gellir adnabod y tro penderfynol yn yr ên a'r chwerthiniad direidus yn ei llygaid.

Gyda'r lluniau ohoni'n blentyn rhaid cynnwys rhai o'i lluniau hi ei hun – y llun o'r Siôn Corn bach gyda'r dwylo anferthol. Roedd arni ofn Siôn Corn; dim ond i'r ystafell fyw y câi ddod, a mynnai mai un bychan oedd o. Ond roedd ei disgwyliadau ganddo yn rhai mawr, fel yr oedd ei disgwyliadau gan fywyd. Yna, wrth y radio, ar ôl gwrando arno unwaith eto, gosodais gasét o'r perlau y llwyddais i'w dal fel y diferent ar ei hanadl: 'Dad, does gen i ddim llais canu heddiw. Mae o wedi mynd i abergoniant.' 'Dad, mae ishio bilb newydd yn y lampish,' a'i chân am 'hyfryd fis Gohefin'. Hyn a mwy – 'geiriau bach hen ieithoedd diflanedig' oedd mor dlws ym mharabl fy mhlentyn i.

Yna, yn y gegin gefn ac ar hyd y cyntedd, y lluniau ysgol ohoni – o leia un ar gyfer pob blwyddyn – a'r un nodweddion ym mhob llun, pob blewyn yn ei le, ei thei yn syth, ei siwmper yn ddi-staen a hyd yn oed led y wên ar ei hwyneb wedi ei benderfynu a'i fesur i'r fodfedd.

Ar y landin, lluniau ohoni yn y coleg gyda'i ffrindiau neu'n crwydro'r byd ar wyliau haf. Pob llun yn ddrych o ferch yr oedd caredigrwydd a thosturi yn tywynnu ohoni, merch yr oedd byw yn llawenydd ac yn orfoledd iddi. Gallaf glywed ei chwerthiniad wrth graffu ar y lluniau. Gallaf ymdeimlo â'i brwdfrydedd. Mae hi yma – bron, bron iawn yn camu allan o'r lluniau. Os canolbwyntiaf yn ddigon hir, os daliaf i edrych bob dydd a lawer gwaith yn y dydd, fe ddaw yn y diwedd allan o'r lluniau yn greadigaeth ryfeddol fyw drachefn, yn ferch Jairus.

Erbyn gyda'r nos nid oedd yn aros ond fy llofft, ac roeddwn i am roi dau lun ohoni yn y fan honno. Roedd yn rhaid i'r rhain fod yn rhai arbennig gan y bydden nhw yno am fwy nag un rheswm. Roedd iddyn nhw yr un diben â'r gweddill, wrth gwrs, sef sicrhau ei phresenoldeb ym mhobman, ond roedd yna bwrpas ychwanegol i luniau'r llofft. Rhaid i mi fynd trwy gyfnod o benyd. Rhaid i mi ddioddef. Rhaid i mi gael fy atgoffa o'm beiau mawrion, o'm hannheilyngdod.

Roedd yn rhaid i'r ddau olaf yma ddod felly o fwndel arbennig o'i lluniau oedd gen i yn nrôr fy nesg. Ni châi Gwennol rannu cyfrinachau'r ddesg, ac ni wyddai am fodolaeth y pentwr lluniau. Byddai unrhyw ddau wedi gwneud y tro, ond roeddwn i'n awyddus i gael fy arwain at y rhai priodol yn hytrach na'u dewis ar fympwy. Edrychais o'm cwmpas am arwydd i'm cyfeirio, ond heb weld dim am ennyd. Yna sylwais ei bod yn ddeng munud i chwech ar y cloc oedd ar y wal. Rhif deg a rhif chwech felly, a phan dynnais i'r lluniau o'u pentwr mi wyddwn nad mympwyol oedd y dewis.

Llun ohoni yn angladd ei mam oedd rhif deg a'i llun wedi iddi raddio oedd rhif chwech. Roedd y ddau yn lluniau da ond nid oherwydd eu teilyngdod artistig yr oedden nhw yn y bwndel, ac nid er mwyn arddangos artistri y penderfynais eu cynnwys yn yr oriel.

Pan fu mam Gwennol farw, es i ddim i'r angladd. Hynny ydi, ddim yn swyddogol. Nid gwahanu taclus, digynnen, cyfeillgar oedd ein gwahanu ni, ac nid cytundeb dau enaid oedd am obeithio'r gorau i'r naill a'r llall oedd ein hysgariad ni chwaith. Na, busnes brwnt oedd o, rhyfel ciaidd a arweiniodd at danio saethau gwenwynig at ein gilydd, a adawodd greithiau dyfnion ar ei ôl hyd yn oed ar wyneb caled fy modolaeth i. A fi oedd yr un a gafodd gam. Mi lwyddais o leia i ddal gafael ar Gwennol. Fy ngwraig wedi'r cyfan oedd yn gadael, ac wrth fy ngadael i, a gadael ei chartref, roedd hi'n ildio'i hawl i'w merch hefyd. Dyna oedd fy ymresymiad i a fi a gafodd y fantais fwyaf o'r cytundeb yn y diwedd. Doedd arni ddim eisiau'r cyfrifoldeb o arwain Gwennol trwy flynyddoedd anodd ei harddegau hwyr beth bynnag. Ac roedd y ddau ohonom yn rhy brysur yn tynnu blewyn o drwyn ein gilydd yn bersonol a chyfreithiol i feddwl pa effaith a gâi'r cyfan ar ein merch. Ond daeth Gwennol drwyddi. A thywelltais innau gymaint o'm cariad ag a allwn i arni er mwyn ei meithrin, er mwyn ei diogelu, gan mai aros efo fi oedd ei ffawd.

Roedd fy nicter at ei mam yn llosgi fy ymysgaroedd a'm hawydd angerddol i'w llindagu cyn gryfed â'm hawydd i'w hanwesu a'i chofleidio yn y dyddiau da pan nad oedd ond glesni i'n ffurfafen. Mor gwbl gyfiawn oedd hi, meddyliwn bryd hynny, pan ddatblygodd ei salwch yn fuan wedi iddi ailbriodi. Mor eironig mai y fo – yr un a'i dygodd oddi arnaf – a gafodd y misoedd o'i nyrsio a'i choleddu cyn iddi, yn ddisymwth un bore o wanwyn, farw.

Oeddwn i am fynd i'r angladd? Roeddwn i wedi costrelu fy holl deimladau tuag ati fel na allwn i drafod efo Gwennol. Doedd hi erioed wedi sôn gair amdani wrtha i ar ôl i ni wahanu. Doedd hi ddim fel pe buasai hi'n bod. Ac eto, mi wyddwn i fod Gwennol wedi cadw mewn cysylltiad â hi, ac y byddai'n ei gweld yn weddol aml. Wnaeth hi ddim cymryd arni fod hyn yn digwydd, ond synhwyrais ei fod; ambell ymweliad anesboniadwy, sawl galwad ffôn na thrafferthodd i adrodd amdanynt wrthyf. Ac mi wyddwn yr âi i'w hangladd.

Es i ddim. Wel do, a naddo. Roeddwn i yno, o hirbell fel petai, fel ci drain yn snwffian o gwmpas y cyrion. O bell mi welwn y criw bychan ar lan y bedd wrth i'r arch gael ei gollwng yn araf i'r pridd. O ddiogelwch fy nghuddfan mi welwn Gwennol yn sefyll o dan yr ywen, heb fod nepell oddi wrth y criw. Yno'n sefyll yn llonydd fel delw ac yn wylo dagrau distaw. Wn i ddim beth a ddaeth dros fy mhen i, ond roedd y camera gen i yn fy mhoced, ac mi symudais yn ddirgel a distaw gan gadw yng nghysgod y coed a'r cerrig beddau, fel petawn i'n un o'r *paparazzi*, er mwyn mynd yn nes ati. Llwyddais i fynd o fewn ychydig lathenni iddi, a thynnu ei llun heb iddi hi fy ngweld.

Wedi hynny roedd arna i gymaint o gywilydd nes imi gilio oddi yno fel pe bawn yn tresbasu, a thresbasu yr oeddwn i, tresbasu ar alar, troedio bryniau gofidiau pobl eraill yn gwbl ddi-feind o'r hyn a sathrwn dan fy nhraed.

Pan ddaeth y ffilm yn ei hôl wedi ei datblygu, roeddwn i wedi fy syfrdanu gan fod y llun yn un mor dda. Yr un gorau a dynnais i erioed. Roedd Gwennol yn dal a gosgeiddig fel duwies Roegaidd, a'i gwallt melyn yn gyferbyniad perffaith i'r du a wisgai o'i chorun i'w sawdl. Roedd y cyfan yn y llun; yr harddwch, y tynerwch, y gofid, y dagrau. Roedd o'n ymgorfforiad o'r holl deimladau y dylswn i, pe bawn i'n fod dynol rhesymol, eu meddu.

Ar y bwrdd gwisgo wrth fy ngwely y bydd y llun hwn bellach, yn fy atgoffa ddydd ar ôl dydd, nos ar ôl nos, o'r hyn ydwyf. Mae arna i eisiau ymdrochi yn nŵr oer hunanbenyd a gwneud iawn, os yw hynny'n bosib, am y ffordd yr ymdriniais i â theimladau pobl eraill dros y blynyddoedd. Gwennol, o dan yr ywen yn y fynwent, fydd fy marnwr cyfiawn, yn edrych yn gyhuddgar ddiwyro arnaf.

Ond nid yw'r llun hwn yn ddigon ar ei ben ei hun. Rhaid wrth y llall hefyd, ac ar y pared ar gyfer fy ngwely y gosodaf ef. Hwn yw'r llun gorau ohoni o ddigon, fy ffefryn i beth bynnag, sef yr un a dynnwyd ohoni pan wrthododd fynd i'r seremoni raddio. Roedd hi'n casáu'r llun, wedi ei dynnu mewn gŵn a mortar er fy mwyn i, ac yng ngwaelod y drôr y bu ar hyd y blynyddoedd. Chawn i mo'i ddangos o i neb; chawn i mo'i roi o yn y golwg yn unman. A dim ond un copi ohono sydd ar gael.

Wnaeth hi ddim mynychu'r seremoni. Roedd yna ryw helynt ynglŷn â'r iaith yn corddi fyth a hefyd yn y coleg, ac roedd rhyw ddwsin o'r myfyrwyr wedi penderfynu peidio â mynd i'r seremoni er mwyn protestio yn erbyn y ffaith nad oedd darpariaeth ddigonol o gyrsiau cyfrwng Cymraeg ar gael. Roedden nhw wedi protestio llawer yn ystod y flwyddyn; wedi gorymdeithio a chynnal cyfarfodydd, a'r prifathro, fwy nag unwaith, wedi bygwth eu diarddel.

Fe ffoniodd Gwennol i ofyn imi ysgrifennu at yr awdurdodau fel rhiant i ofyn am fwy o gyrsiau Cymraeg. Roedd yna ymgyrch lythyru yn cael ei threfnu gan y myfyrwyr. Roedd o'n gais mor rhesymol, mor gwbl, gwbl resymol, ond ysgrifennais i ddim.

Fe ffoniodd drachefn i'm hatgoffa a gwnes innau synau ymddiheurol yn cynnwys addewid i fynd ati, pan gawn gyfle, i daro gair ar bapur. Ond wnes i ddim.

Daeth adref un penwythnos a llythyr wedi ei gyfansoddi ganddi, a doedd raid i mi wneud dim ond ei arwyddo. Roedd o'n llythyr cytbwys, rhesymol, call. Ac mi wrthodais.

Roedd gen i fy rhesymau, wrth gwrs. Fyddai newid polisi yn gwneud dim gwahaniaeth i

Gwennol gan ei bod ar ei blwyddyn ola beth bynnag, a chan fod yna bosibilrwydd ar y pryd y gallwn gael dyrchafiad yn fy ngwaith fyddai'n gwneud byd o wahaniaeth i'm pensiwn rai blynyddoedd yn ddiweddarach doedd arna i ddim eisiau tynnu sylw ataf fy hun ar adeg mor bwysig i mi. Wnaeth hi erioed edliw imi y ffaith imi wrthod; soniodd hi ddim am y peth wedyn, ond mi wyddwn o'r boen yn ei llygaid pan wrthodais i fy mod wedi ei brifo.

O, Gwennol, pe bawn i ond yn cael ddoe yn ôl. O, Dduw, dyro i mi ddiwrnod yn ôl o'i bywyd imi gael ei lenwi â gweithgareddau a geiriau fydd yn gwneud iawn iddi am y troeon y bûm yn gymaint siom iddi, yr adegau pan fu'n rhaid iddi frwydro ei hun, a'r un yr oedd ganddi bob hawl i ddisgwyl ei gymorth yn ormod o gachgi neu'n ormod o snob, yn meddwl gormod am ei yrfa ei hun, beth bynnag, i'w helpu. O, Dduw, maddau imi am dawelu fy nghydwybod fy hun a chymryd arnaf mai er ei lles hi y gwrthodwn wneud y pethau hyn. Maddau imi am fy mherswadio fy hun mai mantais iddi hi fyddai iddi sefyll i ymladd dros ei hegwyddorion ei hun. Dyna fy amddiffynfa, ac ar y pryd roedd yn opiwm i leddfu fy nghydwybod. Heddiw mae'n gyllell rydlyd yn fy mherfedd.

Y mae'n hen bryd i mi felly wneud penyd am fy methiannau. Caiff y llun ohoni yn graddio fy wynebu weddill fy oes, i'm hatgoffa imi wrthod sefyll gyda hi yn y bwlch, imi wrthod bod yn gefn iddi mewn dyddiau anodd, imi ymwadu â'm cyfrifoldeb fel tad. Caiff ei llygaid mawr edrych arnaf o'r llun a'm collfarnu; caiff ei llaw ymestyn allan i bwyntio bys condemniol ataf. Caiff ei cheg agor i ollwng geiriau cystwyol i'm fflangellu. Caf fynd i gysgu'r nos a deffro'r bore i gyfeiliant di-eiriau ei chyhuddiadau.

MAWRTH 18 1999

Mae hi'n hwyr, ond rwy'n oedi rhag mynd i'r gwely gan mai noson o droi a throsi fydd hi yn dilyn digwyddiadau'r dydd, a Duw a ŵyr ym mha stad y byddaf yfory.

Dyma ddiwrnod y cwest drosodd, ac erbyn hyn rwy'n gwybod pwy laddodd Gwennol, ac arni hi y bwriadaf fwrw fy llid, fy nialedd. Rwyf i'n ddieuog; rwyf wedi fy rhyddhau yn ddiamod. Ond dyw hynny'n ddim cysur o gwbl.

Doedd y profiad o fod yno ddim cynddrwg ag yr oeddwn i wedi ei ofni. Roedd fel edrych ar heriol fwtresi Tryfan o bell a chanfod ar ôl dringo atyn nhw fod yno afael i law a throed yn gymorth i ddringo.

Ond nid felly heno.

Roeddwn i wedi creu stori'r cwest yn fy meddwl yn gymaint o saga, yn gymaint o drasiedi, yn gymaint o fwgan fel na allai realaeth fod yn ddim ond gwell na'r rhagdybiaeth, ac felly yr oedd.

Diolch bod fy meddwl wedi fy mharatoi mor drylwyr, fy mod wedi ymarfer ar gyfer rhedeg marathon feddyliol cyn canfod nad oedd y ras ond milltir. Roeddwn i'n gallu meddwl yn hollol resymegol, yn gallu derbyn yr holl dystiolaeth, a dod i gasgliadau gwahanol i rai'r cwest.

Ar fy mhen fy hun yr euthum yno, er bod dau ffyddlon wedi cynnig mynd efo fi; ond er eu pwyso taer, eu gwrthod a wnes i.

Y Parch. Issac Morgan y gweinidog oedd un. Mae o wedi bod yn hynod o ffyddlon ar hyd yr amser, yn galw ar dro, yn ffonio'n amlach. A dyw ei alwadau erioed wedi gwneud i mi deimlo'n annifyr. Dydi o ddim fel pe bai'n sylwi bod yr annibendod yn y tŷ wedi gwaethygu bob tro mae'n galw. Holodd o erioed pryd yr oeddwn yn bwriadu ailddechrau mynychu'r capel, a chynigiodd o erioed weddïo efo fi. Roedd o fel tase fo'n synhwyro na fyddai arna i eisiau rhyw sioe felly – hynny, neu ei fod o'n cofio imi sôn wrtho rywbryd am yr adeg pan oeddwn i yn yr ysbyty, ac yn cau fy llygaid a chymryd arnaf fy mod yn cysgu pan ddeuai gweinidog neu offeiriad yn agos. Gwelais eraill yn derbyn y cynnig i gael gweddi, i gael cymun, a gallaf gredu ei fod yn gysur iddyn nhw. Ond nid i mi! Embaras llwyr i mi fyddai gweddi bersonol mewn lle cyhoeddus.

Ieu oedd y llall. Y canol llonydd mewn byd terfysglyd, yn galw'n aml ac yn llenwi'r lle â sawr bywyd, a mwg ei getyn fel arogldarth yn offeren ein cyfeillgarwch.

Ond doedd arna i ddim eisiau cwmni'r un o'r ddau yn y cwest. Na, roedd yn rhaid i mi ddringo'r mynydd fy hunan, a dringo ar fy ngliniau os oedd raid; dringo fel rhan o'r ymwacâd.

Roedd yr achos yn un syml, a dweud y gwir, ac er bod y crwner yn garedig a doeth a gwastad ei gwestiynau a'i ymholi, roedd o'n drylwyr ac yn deg a chafodd yr un cwest achos yr oedd yn haws gwneud penderfyniad ynglŷn ag o – er ei fod, yn fy marn bendant i, wedi dod i'r casgliad anghywir.

Marwolaeth trwy ddamwain oedd y ddedfryd.

Roeddwn i bron yn sicr mai dyna fyddai cyn mynd yno. Ond roedd nifer o ffeithiau yn mynnu eu serio'u hunain ar fy meddwl gydol yr amser yr oeddwn yno.

Un oedd tystiolaeth y pathologydd. Doedd dim arlliw o alcohol yng ngwaed Gwennol.

'Beth am gyffuriau eraill?' holodd y crwner. 'Canabis, er enghraifft, neu ecstasi?'

'Na, dim canabis na'r un cyffur arall,' oedd yr ateb.

Wrth gwrs! Mi wyddwn i bron i sicrwydd mai felly y byddai. Ac eto, ac eto, roedd o'n gwmwl ar y ffurfafen. Faint wyddwn i am fywyd personol Gwennol? Beth wyddwn i am ei harferion cymdeithasol? Am a wyddwn i, byddai'n cynnal partïon gwyllt yn ei fflat, yn ei dal hi'n gocls droeon mewn wythnos, yn cysgu gydag amryw o bartneriaid. Am a wyddwn i! Ond os oedd hynny'n wir, roedd yn well gen i beidio â meddwl am y peth. Allwn i ddim meddwl am Gwennol, fy Ngwennol i, yn debyg i weddill ieuenctid hedonistaidd Cymru, yn hidio'r un dam mewn dim ond rhyw a meddwdod. Wel, fe aeth i'w bedd yn ddilychwin ei buchedd, heb staen ar ei chymeriad.

Roedd cyflwr y car roedd hi'n ei yrru yn berffaith, yn cael gwasanaeth yn aml, y teiars yn dda a'r brêciau wedi eu hadnewyddu yn ddiweddar. Roedd y car mor berffaith â'r dreifar, meddwn i wrthyf fy hun. Oedd yna awgrym o feirniadaeth yn y sylw a wnaed fod y car yn cael ei yrru'n gyflym, yn ôl tystiolaeth gyrrwr y lorri? Ddim yn afresymol o gyflym, mae'n amlwg, gan nad ystyriai'r crwner hyn yn elfen bwysig yn y ddamwain, ac ni soniodd am y peth wrth grynhoi.

Bu holi trylwyr am gyflwr y lorri a chyflwr ei gyrrwr. Cafodd y brêciau eu profi ac er y byddai angen adnewyddu'r disgiau yn fuan, roedden nhw o fewn gofynion y ddeddf. Roedd y teiars wedi eu harchwilio, ac er bod y rheini hefyd yn gwisgo yn weddol agos i'r gofyn, roedden nhw'n pasio'r prawf; ac roedd ôl y teiars wedi iddyn nhw sglefrio ar y ffordd yn profi nad oedd y lorri'n teithio'n gyflymach na rhyw bum milltir ar hugain yr awr. Roedd y gyrrwr, Dan Thomas, yn brofiadol. Doedd o erioed wedi cael damwain cyn hyn, a byddai'n gyrru'n aml i bellteroedd gwlad a chyfandir. Diwrnod y drychineb roedd o newydd ddychwelyd o Ffrainc, wedi teithio cannoedd o filltiroedd yn ystod yr wythnos gynt, ond, yn ôl tystiolaeth y tacograff, roedd y cyfan o fewn terfynau yr hyn a ganiateid gan reolau'r adran drafnidiaeth. Yn arferol byddai ganddo ddeuddydd o wyliau ar ôl dychwelyd, ond bu'n rhaid iddo weithio oriau dros ben gan fod y galwadau'n drwm ac angen llawer o lorïau y diwrnod hwnnw.

Rhoddwyd cryn sylw i'r ffaith fod Gwennol hefyd yn gwneud gwaith ychwanegol y diwrnod hwnnw am fod un o'r adran yn absennol. Holwyd cyfarwyddwr yr Adran Gwasanaethau Cymdeithasol yn fanwl am hyn, a datganodd yntau mai arferiad yr adran oedd cyflenwi am absenoldebau, gan ofyn i bawb gyflawni ychydig mwy o waith, ond doedd neb ar gael i wneud hynny y diwrnod arbennig hwnnw ar wahân i Gwennol.

Roedd Elin, y ferch dan sylw, wedi cael y dydd Gwener i ffwrdd i fynd i'r Alban gyda'r tîm rygbi lleol a heb ddychwelyd ar y dydd Llun, er bod disgwyl iddi fod yn ôl yn ei gwaith y diwrnod hwnnw. Roedd Gwennol, meddai'r cyfarwyddwr, yn ferch weithgar, benderfynol, un na fyddai'n gadael i unrhyw beth sefyll yn ei ffordd, ac un na fyddai ychydig o waith ychwanegol yn effeithio dim arni.

Wrth gyhoeddi dedfryd y cwest mynegodd y crwner ei gydymdeimlad â mi a'i ofid fod merch ifanc mor arbennig wedi marw mor drychinebus, a rhyddhaodd y dreifar a'r adran o unrhyw fai am yr hyn a ddigwyddodd. 'Damwain, damwain drist,' meddai. 'Maen nhw yn digwydd, yn anffodus, ac mae'r canlyniadau yn aml yn rhai difrifol.' Ni welai ef y gallai unrhyw un fod wedi gwneud un dim i atal y ddamwain hon. Anffawd amseru ydoedd. Mor syml â hynny.

Syml i'r crwner efallai, ond nid i mi. Roeddwn i'n edrych yn wahanol ar bethau, yn gallu gweld lle'r oedd y bai, ac mi es o'r cwest yn benderfynol o wneud rhywbeth i dalu'r pwyth yn ôl am farwolaeth Gwennol.

Gadewais y dre yn corddi'n fewnol, a heb ddweud dim wrth neb. Doedd arna i ddim eisiau agor fy ngheg nes tawelu'r trybestod dan fy mron, nes fy mod wedi fy nisgyblu fy hun i ddewis fy ngeiriau'n ofalus. Cynddaredd oer, clinigol, nid emosiwn tanbaid oedd ei angen.

Ond ar ôl cyrraedd adref, bûm yn ail-fyw'r cyfan a ddigwyddodd yn y cwest, yn ailwrando ar y dystiolaeth, ar eiriau'r crwner; yn dadansoddi, ac yn dod i gasgliadau.

Roedd hi'n gwbl amlwg beth oedd wedi digwydd. Roeddwn i wedi fy meio fy hun, wedi teimlo'n euog mai fi a achosodd ei marwolaeth hi am imi fynnu ei bod yn dilyn gyrfa fel gweithiwr cymdeithasol. Ond nid hynny oedd wedi ei lladd. Nid fi oedd wedi penderfynu ei gyrfa drosti. Oni ddywedwyd yn y cwest ei bod yn ferch benderfynol, na fyddai'n gadael i unrhyw beth sefyll yn ei ffordd! Na, fyddai hi ddim wedi dilyn y llwybr a ddewisodd yn unig am mai dyna fy nymuniad i! Dyna ei gwir ddewis hi hefyd. Fy nefnyddio fel wal i fownsio'i syniadau yn ei herbyn a wnaeth hi y diwrnod hwnnw, a chael sioc wrth sylweddoli mor angerddol ac eithafol oedd fy ymateb.

Roeddwn yn ddieuog felly. Yn ôl y crwner doedd neb yn euog; damwain, meddai, anffawd bod yn y lle anghywir ar yr amser anghywir, er yr awgrym fod Gwennol yn gyrru. Ond does dim y fath beth â ffawd ac anffawd. Mae rhyw gynllun dieflig y tu ôl i bopeth, ac roedd galluoedd y tywyllwch wedi crynhoi eu hadnoddau a chynllwynio i ddefnyddio nifer o bobl i greu'r sefyllfa arbennig oedd yn bodoli y bore tywyll hwnnw o Dachwedd.

Doedd y lorri ddim wedi stopio'n syth; roedd ôl sgidio ar y ffordd. Pe bai'r disgiau wedi eu hadnewyddu byddai wedi gallu stopio'n gynt a rhoi mwy o gyfle i Gwennol. Roedd manylion y tacograff o fewn y gofynion cyfreithiol, ond roedd Dan Thomas wedi gyrru llawer yn ystod yr wythnos gynt. Oedd ei gyneddfau mor siarp ag y dylen nhw

71

fod? Oedd o wedi gallu adweithio mor gyflym ag y dylasai? A phrin gyfarfod y gofynion yr oedd y teiars, a minnau wedi mynnu ar hyd y blynyddoedd newid teiars pan fyddai dros ddwy filimedr o afael ar ôl. Gofynion isafswm y gyfraith oedd yn cael eu hateb gan y lorri a'i pherchennog. Onid oedd disgwyl i yrrwr lorri fawr fynnu bod yna safon uwch yn cael ei dilyn na'r rheini? Chwarae'r gêm yr oedd yntau, cadw yr ochr iawn i'r clawdd, swatio yng nghysgod gofynion cyfyngedig y ddeddf. Ac roeddwn i'n cofio un peth a ddywedodd o pan ddaeth i'm gweld cyn yr angladd; ei fod wedi stopio'n stond. Roedd o'n dweud celwydd y noson honno.

Ond roedd un oedd yn fwy euog hyd yn oed na Dan Thomas, sef Elin, cyd-weithwraig Gwennol. Onid oedd yn nodweddiadol o agweddau anystyriol yr oes ei bod wedi cael dydd Gwener yn rhydd i fynd i'r Alban, ac wedi cymryd dydd Llun hefyd heb falio dim beth fyddai canlyniadau hynny i eraill? Wel, mi wn i beth yw diffyg ystyried pobl eraill, os gŵyr unrhyw un. Ond doedd fy mywyd hunanganolog i erioed wedi lladd neb, er imi fod yn ddigon o ffŵl i feddwl hynny. Sut y gallai Elin fyw yn ei chroen a meddwl ei bod wedi achosi marwolaeth un o'i chyd-weithwyr? Tra oedd hi yn mwynhau ei hun yng Nghaeredin neu'n dod ati'i hun ar ôl penwythnos go wyllt, roedd hi wedi gadael i Gwennol, i'm Gwennol i, wneud ei gwaith yn ei lle; a honno, gan ei bod yn berson mor gydwybodol, fel y gwyddwn i'n dda, yn mynnu lladd corff ac enaid i gyflawni ei dyletswyddau. Fe fyddai hi'n gweithio'n galetach na'r hyn a ddisgwylid ganddi bob amser, ac fe ddylai'r adran fod yn gwybod hynny, a gwybod y byddai rhoi gwaith ychwanegol i un oedd yn gweithio mor galed beth bynnag yn gosod baich afresymol ar ei hysgwyddau. Roedd Elin yn euog o anfon Gwennol ar hyd ffordd anghyfarwydd iddi, a hynny oherwydd ei bod mor anhygoel o ddifeddwl a difater o bobl eraill. Byddai'n rhaid iddi gael gwybod, a hynny'n weddol fuan, beth oedd hi wedi ei wneud a 'mod i yn ei hystyried yn gyfrifol.

Ond roedd yr adran yn rhannol gyfrifol hefyd, a phennaeth yr adran yn anad neb, y Sais oedd wedi dysgu Cymraeg, yr un llawn gweniaith a ddaeth i gydymdeimlo a chanmol Gwennol. Hawdd y gallai o. Roedd Gwennol wedi tynnu'r adran o dwll, wedi cyflenwi yn lle Elin. Ond pam hi? Hawdd iawn oedd dweud nad oedd neb arall ar gael. Felly y mae hi o hyd – y cydwybodol, angerddol yn cael y gwaith a'r rhai di-feind nad ydyn nhw'n malio'r un dam yn neb yn cael mynd yn rhydd fel yr awel. Fe fyddai'n rhaid i'r cyfarwyddwr gael gwybod ei bedigri hefyd.

Ond mi wyddwn pwy oedd yn bennaf gyfrifol. Dan Thomas ac Elin oedd y tad a'r fam yng nghenhedliad yr angau, yr angau a gipiodd Gwennol ymaith.

Dyna oedd fy nedfryd i am chwech o'r gloch heno ar ôl ystyried yr holl dystiolaeth a hynny'n gwbl ddiduedd, er bod cwestiwn y crwner am gyffuriau yn fy anesmwytho braidd. Oedd o'n gwybod rhywbeth na wyddwn i mohono?

Ddwyawr yn ddiweddarach roeddwn i wedi

73

gorfod newid fy meddwl ac roedd fy myd yn chwilfriw.

*   *   *

Roeddwn i ar orffen fy swper pan ganodd cloch y drws.

'Fflamio!' meddwn wrthyf fy hun. 'Ieuan.' A minnau wedi dweud wrtho am beidio â dod draw heno. Ond roeddwn i'n weddol ffyddiog nad fo oedd o chwaith gan imi lwyddo i daro'r plât a'r gwpan yn y sinc heb sôn am gerdded y deuddeg cam at y drws cyn i'r gloch ailganu. Hwyrach y byddai'n well pe bawn i heb wneud hynny!

Pan agorais y drws gwelais fy mod yn iawn. Nid Ieuan oedd yno, ond Mared, yr hynaf o ffrindiau Gwennol, yn dal, yn dywyll ei gwallt, ac yn gwisgo côt ddu at ei thraed. Roedd golwg gynhyrfus iawn arni.

'Ga i ddod i mewn?' holodd cyn imi ei gwahodd. A chyn imi gael cyfle i ateb gwthiodd heibio imi a mynd i'r ystafell fyw.

Eisteddodd ar flaen y gadair a golwg drallodus arni, ac eisteddais innau ar ei chyfer.

'Ydych chi am dynnu'ch côt?'

Datododd y botymau, ond thynnodd hi mohoni.

'Mae heddiw wedi bod yn ddiwrnod erchyll,' meddai hi.

'Ydi,' atebais.

'Yn ddiwrnod erchyll i chi.'

'Ydi.'

'Ac i minnau.' Sylwais fod ei llygaid yn llawn dagrau.

Aeth yn ei blaen. 'Rydw i wedi bod yn anniddig drwy'r dydd,' meddai, 'nes y clywais i fanylion y cwest.'

'Ble clywsoch chi hynny?'

'Ar y radio. Roedd yna adroddiad manwl am dystiolaeth y patholegydd a'r heddlu. A'r ddedfryd hefyd. Oedd y cwest yn ofnadwy?'

'Oedd, ond ddim cynddrwg â'r disgwyl.'

Doeddwn i ddim wedi gwrando ar y newyddion. Roeddwn wedi rhoi hunanwaharddiad ar wrando ar y radio ac edrych ar y teledu, wedi distewi'r lleisiau oddi allan, a doeddwn i ddim yn bwriadu prynu papur newydd drannoeth chwaith.

Cofiais fod Mared wedi addo tacluso'r fflat.

'Diolch i chi am fynd i'r fflat yn fy lle. Dwi ddim wedi cael cyfle i ddiolch i chi o'r blaen.'

'Popeth yn iawn, roeddwn i'n falch o fedru gwneud rhywbeth. Ydych chi wedi bod yn y fflat eto?'

'Naddo. Fedra i ddim meddwl am fynd. Mae'r lle wedi ei gloi ac wedi ei adael fel y gadawodd Gwennol o, neu fel y gadawsoch chi o. Dwi'n dal i dalu'r rhent amdano, wyddoch chi.'

'Ond, Mr Owen, allwch chi ddim dal i dalu am byth.'

'Na alla, mae'n debyg. Wel, mi wna i rywbeth ynghylch y peth ryw ddiwrnod. Ond unwaith y bydda i'n stopio talu'r rhent mi fydd yn rhaid i mi glirio'r lle, a fedra i ddim wynebu hynny ar hyn o bryd.'

'Na, dwi'n gallu deall hynny. Ond os oes rhywbeth y galla i ei wneud, cofiwch, does dim rhaid i chi ond gofyn.' Ochneidiodd Mared.

'Roeddech chi'n ffrindiau mawr, on'd oeddech chi?' meddwn i.

'Oedden. Yn ffrindiau mawr.'

Aeth ias i lawr fy meingefn gan fod y pwyslais ar y mawr wedi canu cloch rybuddiol yn fy mhen, a minnau wedi cofio yr un pryd na ofynnodd hi am fenthyg allwedd pan addawodd fynd i dacluso'r fflat.

Edrychais arni fel pe bawn i'n ei gweld am y tro cyntaf.

'Pa mor fawr?'

Plygodd ei phen rhag fy edrychiad tanbaid.

'Arbennig.'

Codais fy llais gan fy mod i'n dechrau colli f'amynedd.

'Beth ydech chi'n feddwl wrth arbennig? Mwy o ffrindiau na'i ffrindiau eraill hi?'

'Nid mwy o ffrindiau ond mwy na ffrind.'

Pan sylweddolais i beth oedd hi wedi ei ddweud, gallwn deimlo fy hun yn gwelwi.

'Roeddech chi'n gariadon!'

'Oedden.'

Yn yr eiliad hwnnw craciodd y darlun perffaith oedd gen i o Gwennol yn ddau, fel yr holltodd concrid sylfaen fy mywyd. Roedd fy nghwestiwn nesa yn un cwbl annigonol, fel pe bawn i'n ohebydd papur newydd ar ei gyfweliad cynta.

'Ers pryd?' Fel tase ots am hynny.

'Ers dwy flynedd.'

'Dwy flynedd, a minnau'n gwybod dim am y peth!'

'Na, dymuniad Gwennol oedd cadw'r berthynas

76

yn gyfrinach nes y byddai hi'n teimlo y gallai ddweud wrthych chi.'

Ysgrifennais gyfrol ar hunandosturi yn ystod yr eiliadau hynny. Gwennol yn lesbiad. Fy Ngwennol ddilychwin, bur, berffaith i yn caru merch yn hytrach na dyn, yn rhannu gwely efo merch arall. Roedd y peth yn anghredadwy; roedd y peth y tu hwnt i esboniad, y tu hwnt i reswm. Rhaid ei bod wedi ei hudo gan y ferch hon, y ddiafoles hon. Trois arni'n ffyrnig.

'Oes arnoch chi ddim cywilydd, dwedwch?'

Safodd Mared ar ei thraed, edrychodd arnaf yn herfeiddiol, a dywedodd yn glir trwy ei dagrau, 'Cywilydd, Mr Owen? Cywilydd o fod mewn cariad efo Gwennol? Nagoes dim. Gofid, oes; tristwch, oes; torcalon, oes. Cywilydd, nagoes!'

Wyddwn i ddim beth i'w ddweud. Roedd hi'n beichio crio, ond mi wyddwn i hefyd mai erfyn i ymladd brwydrau yw dagrau merch. Onid oeddwn i wedi cael digon o ddagrau ffug fy ngwraig a'i hedifeirwch ffals! Onid oedd hanes yn ei ailadrodd ei hun yn fy mywyd y funud hon!

Yna gwawriodd rhywbeth arall arna i.

'Pryd oedd y tro ola i chi ei gweld?' Yn farnwr mewn llys barn erbyn hyn.

Eisteddodd yn ei hôl drachefn.

'Bore'r ddamwain,' meddai'n dawel.

'Bore'r ddamwain? Ddaru chi alw i'w gweld hi fore'r ddamwain?'

'Mi ddaru ni dreulio'r nos efo'n gilydd.'

Yng nghwmni hon y teithiodd Gwennol filltir olaf ei gyrfa ddaearol felly. Yn cydorwedd a chydgysgu

77

efo merch arall y treuliodd hi oriau terfynol ei heinioes. Ych y fi! Allwn i ddim goddef meddwl am y peth.

Ond roedd fy ymennydd yn gweithio fel wats.

'Oedd Gwennol yn hwyr yn mynd i'w gwaith y bore hwnnw?'

'Oedd.'

'Ac arnoch chi roedd y bai am hynny?'

'Mi ddaru ni gysgu'n hwyr. Doedd dim rhaid i mi gyrraedd yr ysgol tan naw.'

Cysgu'n hwyr, do debyg. Roedd pethau'n dod yn glir yn awr. Mared oedd wedi achosi marwolaeth Gwennol, wedi peri ei bod yn hwyr, a minnau wedi beio gyrrwr y lorri ac Elin. Ond doedd euogrwydd y ddau hynny yn ddim o'i gymharu ag euogrwydd Mared.

'Chi lladdodd hi,' meddwn yn groch. 'Chi achosodd iddi fod yn hwyr. Chi achosodd iddi orfod rhuthro ar hyd ffordd anghyfarwydd.'

Yna cofiais rywbeth arall.

'Doedd dim rhyfedd eich bod yn falch o glywed adroddiad y cwest. Roedd o'n eich rhyddhau chi; roedd o'n sicrhau nad oeddech chi'n euog yng ngolwg y cyhoedd. Doedd dim sôn amdanoch chi yn y cwest. Ond nid y crwner na'r cyhoedd ydw i. Tad Gwennol ydw i, ac rydw i'n eich cyhuddo chi o fod yn gyfrifol am ei hudo atoch; o sefydlu perthynas annormal, annaturiol efo hi; ac yn y diwedd o'i lladd.'

Safodd Mared ar ei thraed yn ddicllon, ond doeddwn i ddim wedi gorffen dweud yr hyn oedd ar fy meddwl.

'Tybed faint rhagor sy gennych chi i'w gyfaddef? Ddaru chi ei pherswadio i gymryd cyffuriau hefyd? Beth oeddech chi'n ei wneud yn y fflat y noson cyn ei marw – smocio canabis? Cymryd ecstasi? Wnaethoch chi adict ohoni hefyd, Mared? Roeddech chi'n awyddus iawn i fynd i'w fflat hi pan soniais i wrth y tair ohonoch y noson y daethoch chi yma. I beth? I ddileu'r dystiolaeth?'

'Mr Owen!' Roedd dur penderfyniad yn ei llais oedd yn hawlio gwrandawiad. Oedd, roedd Mared yn swnio'r un fath â Gwennol. Tebyg at ei debyg, meddyliais.

'Mr Owen! Mi ddylai fod cywilydd arnoch chi yn awgrymu'r fath beth. Chymerodd Gwennol na minnau erioed gyffuriau, a chyn belled ag yr oedd ein hymwneud â'n gilydd yn bod, syrthio mewn cariad wnaethon ni, nid trefnu perthynas.'

'Gwell i chi fynd odd'ma ar unwaith, cyn i mi wneud rhywbeth gwirion a difaru wedyn. Ond mi rydech chi wedi fy lladd i heno, Mared. Mi rydech chi wedi condemnio Gwennol yn fy meddwl, wedi dileu'r darlun oedd gen i o ferch hawddgar, garedig, o flodeuyn perffaith yn lliwio a sionci'r anialwch o'i chwmpas.'

'Un felly oedd hi, Mr Owen. Dydi'r hyn ddywedais i'n newid dim ar hynny. Roedd hi'n berffaith yn fy ngolwg innau, a braint i mi oedd ei bod yn fy ngharu. Mi ddois i yma heno i gydymdeimlo gan y gwyddwn eich bod yn teimlo tuag ati fel yr ydw i, a chan fy mod yn gwybod diwrnod mor anodd oedd diwrnod y cwest i chi. Yn lle hynny rydych chi'n edrych arnaf fel taswn i'n ffieiddbeth. Wel, roedd ein cariad ni yn rhywbeth glân a dwfn a naturiol, a does dim y gallwch chi ei wneud i newid hynny.'

'Dwi wedi dweud unwaith, a mi dweda i o eto. Mae'n well i chi fynd odd'ma. Yn fy meddwl i rydych chi'n llofrudd ac wedi lladd Gwennol, nid unwaith yn wir ond ddwywaith – ei chorff a'i chymeriad. Pe bai yna unrhyw gyfiawnder yn yr hen fyd yma mi fyddech chi'n hongian wrth raff, 'y ngeneth i. Cariad naturiol, wir. Wyddoch chi mo ystyr y gair.'

Cododd Mared a cherddodd at y drws. Dilynais innau hi. Trodd i'm hwynebu ar y rhiniog a daeth rhyw dawelwch rhyfedd drosti.

'Fory,' meddai, 'mi fydda i'n trafod y ddrama *Blodeuwedd* efo'r chweched dosbarth, y rhan lle mae hi'n darlunio gwacter ei bywyd. Ydych chi wedi darllen *Blodeuwedd*, Mr Owen? Gwnewch, i chi gael gwybod sut rydw i'n teimlo. "O, ni ddeelli fyth, Fyth, fyth, fy ngofid i, na thi na neb." Dyna'r gwir, Mr Owen. Ddeellwch chi byth sut rydw i'n teimlo. Ond o leia mae fy ngofid i yn rhywbeth pur a phrydferth a sanctaidd, heb ei greithio a'i wenwyno gan gynddaredd a dicter anghyfiawn a hunandosturi. Mi ddof i dros y brofedigaeth, Mr Owen, ond ddowch chi ddim. Mi fydd eich teimladau annheilwng wedi eich bwyta'n fyw. Mae'n ddrwg calon gen i drosoch chi.'

Ar hynny troes ar ei sawdl a diflannu i'r tywyllwch, a chlip clop ei hesgidiau yn cilio a distewi fel curiad calon bywyd yn dod i ben.

*   *   *

Y mae tywyllwch anobaith yn cau amdanaf.

GORFFENNAF 9 1999

'Ni chân y gog lwydlas ond Ebrill a Mai, a hanner Mehefin . . .' Ac ni chanodd y gog na'r un aderyn arall yn fy mywyd i yn ystod y misoedd diwethaf yma, oni bai fod ysgydwad adenydd y fwltur a chrawc y gigfran yn lleisiau persain i rywun.

Mae'r ysbryd yn isel a'r dyddiau'n ddu. Rwyf mewn cors ac yn mynd fwy i'w chanol hi bob dydd. Mae'r tywyrch cadarn oedd yn cynnal fy nhraed bellach yn siglen ansylweddol, a phrin y mae honno'n fy nghadw rhag suddo dros fy mhen yn y dyfroedd llysnafeddog. A lleisiau anobaith yw lleisiau'r gors.

Mae fy meddwl yn ddryslyd, yn pendilio rhwng cynddaredd a gofid, rhwng cywilydd a hiraeth, rhwng presennol a gorffennol hyd yn oed. Mae'r lluniau ar sgrin fy ymennydd yn chwalu'n ddi-baid, yn torri'n rhes o linellau a phatrymau amryliw sy'n symud blith draphlith, ac ni allaf eu rheoli. Ni allaf wneud o'r cyfan un darlun clir, diamwys, ystyrlon.

Ond neithiwr, fe lonyddodd y darlun am ennyd, ac yr oedd y llun yn waeth na'r patrymau diystyr. Yn fy nghwsg, ac y mae nosweithiau cwsg yn rhai prin, mi gefais weledigaeth neu freuddwyd, breuddwyd neu hunlle a'm gwnaeth drachefn yn gondemniedig.

Yn y tŷ yr wyf wedi bod y misoedd diwethaf yma, heb fentro allan ond yn anaml a phan fydd raid. Rwyf wedi fy nghastellu fy hun o fewn fy nghartref. Na, nid castellu chwaith, nid f'amddiffyn fy hun rhag elfennau oddi allan yr wyf. Cloi fy hun yng nghell fy nrych-feddyliau a wnaf, gyda'r holl ellyllon gwawdlyd yn gwmni i mi, gyda brain duon amheuon ac adar ysglyfaethus ysbryd dialedd a phruddglwyf yn gymdeithion i mi.

Ond i bobl oddi allan rwy'n feudwy; rwyf wedi encilio'n llwyr. Doedd fawr neb yn dod i'm gweld erbyn hyn beth bynnag. Roedden nhw'n methu goddef blerwch y tŷ ac awyrgylch drymaidd y lle; methu goddef chwaith, mae'n debyg, fy ngweld i yn suddo, suddo i ddigalondid mawr a neb yn gallu gwneud dim i'm codi o'r dyfnderoedd. Methu diodde'r diffyg croeso hefyd, efallai, gan fy mod yn flin a surbwch. Cefais ddigon ar eu hystrydebau, ar eu geiriau o gysur ac o anogaeth, ar eu cymell diddiwedd i godi a mynd allan, i geisio anghofio beth oedd wedi digwydd. Roedd hi'n hawdd printio'r geiriau ar sgrin y meddwl, ond doedd dim modd eu harbed gan fod ffeil fy anobaith yn llawn i'r ymylon.

Sawl gwaith y clywais i fod amser yn rhoi ei falm ar bob clwyf? Mor fynych y clywais y byddai fy atgofion yn cael eu sancteiddio ac yn troi'n brofiadau chwerw-felys! Beth yw ystyr peth felly, ni wn i. Nid yw'n rhan o'm profiad i beth bynnag.

Do, fe stopiodd hyd yn oed Ieuan a'r gweinidog ddod i'm gweld. Na, dyw hynny ddim yn deg chwaith. Fi ofynnodd iddyn nhw beidio â dod. Fi ddywedodd nad oedd arna i eisiau eu gweld. Fi ddywedodd y cysylltwn i â nhw pan fyddwn eu hangen.

Wn i ddim pam y gwnes i hynny. Ac eto mi wn i hefyd. Er 'mod i wedi gadael i bethau fynd, wedi gadael i'r tŷ fynd yn flêr ac yn fudr, ac i mi fy hun fynd yn debyg i'r tŷ, rhaid bod gen i beth balchder ar ôl yn fy nghyfansoddiad, gan nad oeddwn i ddim am iddyn nhw weld y cyflwr erchyll yr oedd y tŷ a minnau yn prysur ddirywio iddo.

Os yw wynebu'r tywyllwch, pan ddaw lleisiau'r nos i 'mhoeni, wedi bod yn anodd, mae wynebu'r dydd wedi bod yn anos fyth. Yn wir, sawl diwrnod rwyf wedi aros yn fy ngwely, wedi ceisio diogelwch a chysur o fewn y dillad gan gredu y gallwn i gau allan fywyd a chuddio rhag y pethau sy'n fy ymlid. Ond fedra i ddim. Mae'r llenni wedi eu cau ar y rhan fwyaf o'r ffenestri ac yn anaml y bydda i'n edrych allan. Daeth gwanwyn direol i droi'r ardd yn llanast a'r haf i gynyddu'r tyfiant a'r drysi. Ond wenodd y gwanwyn ddim arna i; thywynnodd haul haf ddim arnaf. Yn y gors yr wyf a niwl oer torcalon sy'n lapio amdanaf fel hugan.

Rwy'n ei chael yn anodd i ddeall fy meddyliau fy hun. Diflannodd y dadansoddi oer, y meddwl clir fel grisial, y gweld treiddgar. Diflannodd fy mwriad i ddial, i dalu'r pwyth yn ôl, i gadw Gwennol. Wyddwn i ddim bellach oedd arna i eisiau dal gafael ynddi ai peidio, ac eto roedd hi'n llenwi fy meddwl, yn halen a ddiflasodd yn lluniaeth fy modolaeth, yn gysgod trwm ar fy llwybr. Ond wn i ddim beth yw'r gofid mwyaf. Ai colli Gwennol ynteu gwybod iddi fy nhwyllo a byw bywyd na allwn i ei gymeradwyo ac na wyddwn i am ei fodolaeth, yn wrthgefn i mi? Ai wedi fy siomi yr wyf, wedi fy nadrithio? Ai balch ydwyf ei bod wedi marw ac nad yw'n bod bellach i fyw celwydd?

Pwy arall oedd yn gwybod am ei pherthynas â Mared? Ar yr ychydig achlysuron y bûm allan o'r tŷ meddyliwn pwy arall oedd wedi clywed y newydd syfrdanol. Pan awn i siopa fin nos wedi i bawb arall gilio, ar yr achlysuron prin hynny pan gyfarfyddwn â chydnabod, roeddwn i'n dychmygu y gwydden nhw am fywyd Gwennol, eu bod yn rhan o'r cynllwyn i'm cadw i yn y tywyllwch. Onid oedd pawb yn fy erbyn, pawb wedi uno ym myddin fy ngwrthwynebwyr, gyda phicellau miniog eu sibrydion, a saethau gwenwynig eu hensyniadau! Ydi, mae fy nhŷ yn gastell dan warchae yn ogystal â bod yn gell meudwy.

Ond neithiwr fe ddychwelodd y gŵr diwyneb a welais ar y gamfa fisoedd yn ôl. Ar lwybr y gors yr oedd, a daeth ataf o'r niwl, yn hwdwch du, bygythiol.

Ceisiais fynd heibio iddo ond mynnodd fy atal.

'Ddysgaist ti mo'r wers,' meddai wrthyf yn ddicllon. 'Does dim dysgu arnat ti.'

'Wn i ddim am beth rwyt ti'n sôn,' meddwn.

'Paid â chymryd arnat; rwyt ti'n gwybod yn iawn.'

'Yn gwybod beth?'

Ceisiais fynd heibio iddo, ond roedd fy nhraed yn suddo pan gamwn oddi ar y llwybr.

'Ti a'th egwyddorion! Myfiaeth yw dy grefydd, onid e?'

'Sut y gall egwyddorion fod yn bethau myfiol?'

'O, maen nhw'n aml, yn amlach na pheidio. A

hunanoldeb a arddelir yn enw egwyddor yw'r math gwaethaf sy'n bod. Onid wyt ti wedi sylweddoli bod adegau pan mae'n bwysig anghofio egwyddor a gwneud yr hyn sy'n iawn?'

'Wn i ddim am beth rwyt ti'n sôn. Dydw i ddim yn dy ddeall di.'

'Mi wyddost yn iawn. Am Gwennol a'i pherthynas â Mared.'

'Perthynas afiach, annaturiol, annuwiol, ysgeler.'

'Dyna ti wrthi eto. Dim owns o feddwl am deimladau neb arall, dim ond dy deimladau dy hun. Gan fod dy egwyddorion mawr di wedi eu briwio, dim bwys am neb arall. Ond egwyddorion ffals sy gen ti. Egwyddorion dy hunan-dyb, ac er iti fynychu capel ac addoli gydol dy oes, dyw hunan balch dy galon wedi gwywo dim wrth iti geisio nesáu at dy Dduw.'

Ceisiais ddianc drachefn ond fedrwn i ddim. Daeth yn nes ataf a phetai ganddo fo wyneb fe fuasai wedi hoelio ei lygaid llym arnaf, ac mi fuaswn i wedi clywed ei anadl boeth ar fy ngruddiau.

'Mi wyddost ti'n iawn beth yw un rheswm pam y cafodd Gwennol berthynas efo Mared.'

'O, mae'n debyg dy fod yn mynd i sôn am gariad dwy ferch at ei gilydd, at ryw wendid yn y gwaed neu'r genynnau neu rywbeth,' meddwn i.

'Dim o'r fath beth. Dwi'n sôn amdanat ti a Shirley.'

'Shirley?'

'Ie, Shirley, dy wraig. Wyt ti ddim yn cofio, neu wedi dewis anghofio rwyt ti?'

'Dewis anghofio beth?' Cymerais arnaf nad oedd gen i syniad am beth roedd o'n sôn, ond mi wyddwn beth fyddai'n dod nesaf.

'Paid â chymryd arnat nad wyt ti'n gwybod. Mi alla i ddarllen dy feddyliau di. Cofio? Dy berthynas di a Shirley, siŵr iawn. Sut y gallet ti anghofio'r ffraeo direswm, y cyfnodau hir o bwdu a thawelwch, yr hyrddio gwawd at eich gilydd, y taflu pethau, a'r noson fythgofiadwy, anhygoel honno pan drewaist ti hi, am y tro cyntaf erioed, a hynny yng ngŵydd dy ferch bymtheg oed?'

'Roedd hi'n haeddu hynny, a mwy. Yn dannod yn ddiddiwedd i mi mor anobeithiol oeddwn i yn y gwely. Yn dannod imi fy nyndod. A'r insylt terfynol pan ddwedodd hi y fath gelwydd ffiaidd am genhedliad fy merch. Dim ond hyn a hyn all dyn ei ddioddef.'

'Iawn, iawn. Paid â chynhyrfu. Nid yma i dy gondemnio di ydw i, ond yma i'th atgoffa pwy oedd yn dyst distaw i'ch holl ffraeo. Pwy oedd y gwyliedydd gofidus pan oeddech chi'n ymladd? Pwy oedd yn glust i'ch brwydrau geiriol? Pwy oedd yn cael ei brifo, ei gwanu gyda phob gair croes? Pwy? Pwy? Pwy?'

'Gwennol,' atebais a'm llais prin fwy na sibrydiad.

'Gwennol. Yn ferch yn ei harddegau, yn dyner a dwys ei theimladau, yn hawdd dylanwadu arni, yn hawdd ei harcholli, yn hyblyg fel clai'r crochenydd; ac yn y cyfnod teimladol hwnnw pan fo gofyn trin enaid tyner fel trin gwydr drudfawr, ti a Shirley yn ymddwyn fel anifeiliaid a gwaeth, yn gwbl ddi-hid o deimladau eich merch, yn gwbl anymwybodol o'r ffaith ei bod yn dyst i'r cyfan. Mi welodd hi beth oedd realaeth perthynas dyn a dynes, mab a merch; mi welodd hynny pan oedd ei hymennydd yn ddigon hydwyth i saethau llymion eich ymgiprys gwallgo argraffu'n annileadwy arno. Wyt ti'n synnu iddi geisio hapusrwydd gyda merch arall? Mi ddibrisiaist ti a Shirley berthynas normal gwryw a benyw yn ei golwg am byth. A dyma ti, efo dy egwyddorion hunanbwysig yn taflu bai ar rywun arall. Yn gweld Gwennol yn bechadures; yn gweld Mared yn achos ei damwain. Rwyt ti'n giaidd; rwyt ti'n waradwyddus; dwyt ti ddim yn haeddu byw. Dos o'm golwg i.'

A chyda hynny diflannodd y gŵr yn ôl i ganol y niwl a'm gadael â'm hysbryd wedi ei glwyfo y tu hwnt i adferiad.

GORFFENNAF 10 1999

Eisteddais y bore 'ma wrth y bwrdd yng nghanol llestri heb eu golchi, a bwyd heb ei gadw mewn cegin gefn sy'n llawn annibendod. Chysgais i ddim neithiwr, ac roeddwn i'n falch o hynny. Roeddwn i'n ofni ymweliad arall gan y gŵr diwyneb, yn arswydo rhag picellau tanbaid ei eiriau.

Rydw i'n suddo, yn greadur llipa, gwael, diynni, heb y nerth i frwydro, i frwydro yn erbyn y symbylau. Pa obaith sydd i mi? Pa obaith goroesi a minnau wedi condemnio Gwennol? Wedi ei galw yn bob enw yn fy meddwl, wedi ffieiddio ati, wedi diolch ei bod wedi marw, wedi dweud wrthyf fy hun na fyddwn yn ei harddel bellach hyd yn oed pe bai'n fyw, pe bai'n dychwelyd o farw'n fyw.

Ac wele, yn nhrymder nos dadlennwyd i mi pwy oedd y gwir ddihiryn. Gwennol wedi ei chosbi, minnau yr un euog. Roedd fel pe bai'n Grist a aeth i'r groes dros fy mhechodau i. Pwy oedd y gŵr ger y gamfa ac ar lwybr y gors? Oedd o yno, neu ai fy meddwl i sy'n dirywio? Ai colli arnaf fy hun yr wyf? Ai byw mewn byd o ffantasi direol yw gwallgofrwydd? Ai dychmygu lleisiau nad ydyn nhw'n perthyn i'r un bod dynol? A fydd dynion y cotiau gwynion yn dod ryw ddiwrnod i'm dwyn oddi yma a'm cloi mewn cell am weddill fy nyddiau?

A dyna lle'r ydw i, unwaith eto, yn meddwl sut y mae popeth yn effeithio arnaf fi!

Does ond un ateb. Does ond un pelydryn gwan o obaith yn disgleirio yng nghanol y tywyllwch. Rhaid i mi gael Gwennol yn ôl yn bresenoldeb y gallaf ei weld a'i deimlo. Mi wn ei bod yma'n rhywle, yn cuddio rhagof. Rhaid iddi ei hamlygu'i hun imi eto a rhaid i minnau ddal fy ngafael ynddi er mwyn imi allu erfyn am ei maddeuant. Rhaid imi edifarhau ac aberthu wrth ei hallor bob dydd.

Beth yw'r cam cyntaf? Codais fy mhen o'r bwrdd ac edrych o'm cwmpas ac edrych arnaf fy hun.

Roedd y camau cyntaf yn gwbl amlwg. Glanhau'r tŷ a'm glanhau fy hun. Roedd Gwennol wedi bod yn dod bob pythefnos i gadw'r tŷ yn lân, i roi trefn ar fy myw am y pythefnos nesa bob tro. Roedd hi'n gadael Mared ac yn ei hamddifadu ei hun o'i chwmni a'i serch er mwyn dod ataf fi. Ac fe groesodd fy meddwl ei bod am ddeuddydd bob pythefnos o leia yn gwbl lân a dilychwin. Ond doedd teimlad felly ddim yn gydnaws â'm penderfyniad i droi dalen newydd a chymodi â Gwennol.

Codais i agor y llenni, ond ar unwaith penderfynais na wnawn i hynny; roedd gelynion y tu allan o hyd.

Erbyn diwedd y dydd roedd y peiriant golchi wedi bod ar waith sawl tro a'r peiriant golchi llestri yn hymian ei gyfeiliant drwy'r tŷ i alaw newydd fy mwriadau; roeddwn i wedi cael cawod a siafio, ac roeddwn i wedi cadw rhai o'r dillad a'r llanast oedd yn fwndeli blêr o gwmpas y lle.

Hwfro a glanhau fyddai'r gorchwylion nesaf, a'r cyfan yn ebyrth byw i'm duwies, y dduwies a geblais.

Yn fy nagrau y gwnes i'r pethau hyn, yn gweiddi o'r dyfnder am faddeuant Gwennol, yn erfyn arni am ryw arwydd ei bod yn maddau imi; am gael clywed ei llais, ei gweld yn gwenu arnaf o un o'r lluniau, dychmygu clywed sŵn ei throed y tu allan i'r tŷ. Unrhywbeth. Ond nid oedd ond tawelwch o'r tu hwnt i'r llen. Oedd hi, a minnau wedi gwneud cymaint i'w chadw, wedi mynd a'm gadael? Allwn i ddim diodde meddwl am y peth. Ble mae hi? Ydi hi yma? Neu ydi hi wedi mynd? O, mae fy meddwl yn ddryslyd. Wn i ddim yn iawn lle'r ydw i, na ble mae hi.

Cefais fy hun yn gweiddi'n uchel: 'Gwennol, Gwennol, dywed pa iawn sy raid i mi ei dalu i dderbyn maddeuant? Mi wnaf i unrhyw beth i'th gael yn ôl. Gwennol, mi gei sêl fy mendith ar dy berthynas. Mi frwydraf i chi gael priodi. Mi berswadiaf y gweinidog i gyflawni'r seremoni. Mi gynhaliwn ni wledd orwych. Mi arddelaf eich perthynas yn gyhoeddus.' Roeddwn i ar ben y grisiau yn erfyn fel pe bawn ar focs sebon yn areithio.

Dim. Yr un smic o ymateb o unman. Grŵn y peiriant golchi a'r peiriant golchi llestri, clec y distiau dan ddylanwad gwres mis Gorffennaf, dyna'r cyfan. Roeddwn i'n adnabod y synau hynny; nid synau Gwennol oedden nhw. Doedd dim ond tawelwch. O, Dduw, mae hi wedi fy ngadael, wedi torri'r cwlwm, wedi mynd a ddaw hi byth yn ôl. A fedra i ddim byw hebddi. Does dim rheswm am fy modolaeth i bellach. Rwyf yn farw i bob pwrpas. Does ond angen perfformio'r act olaf o dorri'n rhydd, agor y ffenestr i'r aderyn gael hedfan i'r anfarwol fyd. Ac ydw, rydw i'n barod i wneud hynny, i ffarwelio â'r ddaear, i ddwyn fy einioes fy hun a mynd ati hi. Dim ond un goeden oedd yng ngardd fy mywyd, a phan drawyd honno gan y fellten fe gollodd yr ardd ei lliw; fe beidiodd â bod yn baradwys. Purdan ydyw.

Ond mae un peth yn fy atal. Un ofn, un pryder sy'n llyffethair arnaf. Beth pe bai Gwennol yn fy ngwrthod? Beth pe bai hi'n troi ei chefn arnaf? Oni fyddai unigrwydd y byd a'r bywyd hwn yn well nag unigrwydd y tu hwnt, na wn i fawr ddim amdano? Sut y gallaf i fod yn siŵr o Gwennol, yn siŵr o'i theyrngarwch a'i chroeso? Fe fydd yn rhaid imi aros, ac aros yn hir efallai, am arwydd. Ac os daw, rwy'n hyderus y byddaf yn barod i gymryd y cam di-droi'n-ôl.

Fyddi di, Rhys? Fyddi di? gofynnaf i mi fy hun. O, rwy'n ddwfn yn y gors, ac yn suddo.

MEDI 15 1999

Cyffro mwyaf fy mhlentyndod oedd cael mynd i lan y môr. Rhedeg allan o'r car a theimlo'r tywod yn symud o dan fy nhraed, gwynt yr heli yn chwythu trwy fy ngwallt a llepian cyson y tonnau wrth iddyn nhw dorri ar y traeth yn llenwi fy nghlustiau. Dyna beth oedd nefoedd.

Ac felly rwy'n teimlo heddiw. Cyrraedd gwynfyd ar ôl taith hir ac anodd trwy'r gors. Cyrraedd y tir gwastad sy'n garedig wrth y teithiwr blin, ac yn gadarn dan draed, a gwneud hynny'n ddisymwth gan nad oeddwn i'n sylweddoli mor agos oedd paradwys.

Mae Gwennol yn ôl! Daeth ataf ganol nos neithiwr a gafael yn fy llaw. A phan ailgynheuais rai o'r canhwyllau oedd wedi diffodd a cherdded trwy oriel fy atgofion gan sefyll i edrych ar bob llun yn ei dro, roedd hi yno, yn bresenoldeb byw.

Mi fydda i'n fwy gofalus ohoni y tro yma. Fiw imi agor y llenni; rhaid i mi ei chadw i mewn. Fedra i ddim mentro, rhag iddi fynd drachefn a minnau wedi ei cholli am gyhyd o amser. 'Dal d'afael ynddi, Rhys,' meddwn yn uchel dro ar ôl tro. 'Paid â gadael iddi fynd. Paid ag agor y llenni iddi weld deniadau cnawd a byd. Cadw hi'n gaeth; cadw hi i ti dy hun.'

A dyna a wnaf. Byddaf geidwad carchar yn rheoli ei rhyddid. Yma ein dau cawn fwynhau bywyd fel y dylai fod. Dim Mared, dim cymdogion, dim cymdeithas, dim rhannu efo neb. Hi a fi, fel yr oeddem cyn y brofedigaeth. Na, yn well na hynny, bydd yma o hyd yn llanw fy mywyd, yn pereiddio fy nghamre.

Chaiff neb arall ddod i'r tŷ; chaiff neb arall ein clywed yn siarad. Fyddai pobl eraill ddim yn deall. Fe fydden nhw'n meddwl 'mod i'n gwirioni. Fe fydden nhw'n meddwl 'mod i'n colli arnaf fy hun. A fydden nhw ddim yn gallu clywed Gwennol yn siarad. Dim ond fy nghlustiau i sydd wedi eu tiwnio i'w chlywed yn llefaru o lefel arall o fodolaeth, gan ei bod yn awr yn trigo ar ddwy lefel, fel y gall y sawl sy wedi ei ryddhau o rwymau'r cnawd. Ei chariad mawr tuag ataf a ddaeth â hi'n ôl, a'r ffaith 'mod i'n barod i gyfaddef fy euogrwydd ac edifarhau am fy mhechodau. Trwy hunanaberth y llwyddais i brynu'r maes yr oedd y trysor ynddo, ac o'i gael, daliaf fy ngafael ynddo costied a gostio.

O, mae clywed llais Gwennol fel llesmair wrando ar gân angylion. Mae hi wedi rhoi taw yn syth ar y lleisiau eraill sy wedi bod yn fy nilyn i bobman, yn sibrwd eu sylwadau maleisus yn fy nghlustiau, yn rhestru cyhuddiadau yn fy erbyn. Mae hi wedi dileu o'm meddwl y darlun o'r gŵr ar y gamfa ac yn y gors, ac wedi cau ei geg am byth. Ni welaf mwyach ond wyneb fy anwylyd yn wridog ac yn hardd, yn brydferthach nag erioed.

Am gyfnod y pnawn yma fe aeth. Ac yr oeddwn i'n rhyfeddol o drist, yn swp sâl gan bryder. A ddeuai hi'n ôl? Yna sylweddolais fod yn rhaid iddi, os yw'n byw mewn deufyd, ymwneud rhyw gymaint â'r llall hefyd. Rhaid iddi fynd a'm gadael ar brydiau.

Ac wedi imi sylweddoli hynny roeddwn i'n dawelach fy meddwl.

Ac yn ei hôl y daeth. Gwrandawodd yn amyneddgar arnaf yn eiriol arni ar fy rhan fy hun, yn erfyn am ei maddeuant, am ei thosturi, yn edifarhau am y ffordd y cafodd ei magu gen i, yn mynegi fy mwriad i wneud iawn am y pethau celyd a ddywedais i amdani ac wrthi, ac am ei ffieiddio. Gosododd hithau ei llaw yn dyner arnaf a thywallt blwch ennaint ei maddeuant am fy mhen.

Rwy'n hapus heddiw; gallaswn ddawnsio rownd y tŷ. Yn wir, mi wnes. Lwcus nad oedd neb yno i'm gweld, yn ddyn yn ei oed a'i synnwyr yn ymddwyn fel plentyn bach ar drip Ysgol Sul. Ond pa ryfedd! Gall y sefyllfa hon fodoli yn ddiddiwedd, am byth. Dyma yw byw. Pam na all yr holl bobl sy wedi eu dilladu yng ngwisgoedd du eu galar sylweddoli nad oes raid iddyn nhw golli'r sawl sy'n marw, nad oes yna fywyd a marwolaeth, dim ond dau ddimensiwn gwahanol i fywyd? Pam na allan nhw sylweddoli y gall cariad bontio'r gagendor rhwng y ddau a gwneud y ddau yn un?

Rwyf wedi troedio dyrys lwybrau'r daith, wedi goroesi'r goedwig, wedi cerdded y gwastadeddau caredig mewn llesmair, wedi dringo'r creigiau serth, wedi camu yn iach o'r diwedd allan o'r gors a chyrraedd traeth gwastad fy ngwynfyd. Rwyf wedi cyrraedd paradwys, ac wedi gwneud hynny heb orfod croesi Iorddonen.

TACHWEDD 8 1999

Mor ffôl oeddwn i! Yn meddwl 'mod i wedi cyrraedd y gwynfyd. Ond nid felly y mae hi. Dyw'r daith ddim ar ben eto, ac nid oes imi yma ddinas barhaus.

Gwennol yw'r drwg. Mae hi wedi blino teithio rhwng deufyd, meddai hi, ac mae am i mi fynd gyda hi i'r byd y tu hwnt i'r llen. Mae hi'n gafael yn fy llaw yn ddiddiwedd ac yn ceisio fy nhynnu. Bob tro y daw ataf mae'n lleisio ei dyhead, yn ceisio fy mherswadio, yn ceisio dwyn pwysau arnaf. 'Tyrd gyda mi,' dyna ei hanogaeth ddyddiol, ac amlach na dyddiol. 'Tyrd, cei fy nghwmni drwy'r amser; cawn fod efo'n gilydd am byth. Fydd yna ddim wylofain na hiraethu na chondemnio; bydd dagrau gofid wedi eu sychu a'r galon ddrylliedig wedi ei hadfer. Tyrd drosodd gyda mi.'

Mae ei dyhead yn rhaid. Mae ei llais yn llanw fy meddwl drwy'r dydd, yn llanw fy mreuddwydion drwy'r nos.

Lle'r oeddwn i yn eiriol, yn ymbil, hi sy nawr yn crefu, yn gafael, yn tynnu.

Gafaelodd yn fy llaw mor dynn un noson nes imi orfod defnyddio grym fy mysedd a'm hewinedd i'w thynnu yn rhydd. A phan ddeffrois yn y bore, roedd crafiadau ar fy llaw dde a gwaed hyd y gynfas yn dystiolaeth o'r digwyddiad.

Mae'r crefu hwn yn fy lladd. Dydw i ddim yn ei ddeall. Dydw i ddim yn deall grym ei dyhead. Mae hi'n orffwyll ac mae hi'n mynd yn waeth o ddydd i ddydd.

Ar y dechrau mynegiant ysbeidiol o'i dymuniad oedd o, awgrym cynnil ambell waith, cwestiwn uniongyrchol yn achlysurol. Ond yna daeth y gofyn yn fwy taer, yn fwy aml. Erbyn hyn mae'n llanw pob munud o'n hamser efo'n gilydd. Does dim geiriau eraill ar ei gwefusau na dim byd arall ar ei meddwl.

Rwyf innau'n ceisio'i dal yn ôl, yn mynnu ei bod yn aros efo fi, ar fy nhelerau i. Rwy'n gwneud popeth fedra i. Mi ruthrais drwy'r tŷ gan edrych ar bob llun ohoni yn fy oriel a llwyddo i wneud hynny heb anadlu fwy na theirgwaith. Yfais baned lawn o de heb dynnu'r gwpan o'm ceg. Gwyliais bry copyn yn cerdded ar draws nenfwd y lolfa heb iddo stopio unwaith, ond does dim yn tycio. Does dim pylu ar ei thaerineb. Mae hi'n gwybod 'mod i'n deall na all fod gyda mi trwy'r amser, ei bod yn byw mewn deufyd a 'mod i'n barod i dderbyn hynny. Fe ŵyr hefyd fod hynny'n ddigon i mi, ei fod wedi creu nefoedd i mi nad wyf yn ei haeddu. Ond bellach dyw hynny ddim yn ddigon iddi hi. Tra 'mod i'n rhesymol ddoeth, yn derbyn y sefyllfa, mae rhyw wallgof-rwydd wedi gafael ynddi hi ac mae'n prysur droi ei phresenoldeb yn hunlle i mi.

Yna, lai nag wythnos yn ôl, ar Dachwedd yr ail, flwyddyn union wedi'r ddamwain, daeth ataf yn nhrymder nos gyda'i hymbil olaf, a datgan ei bod, os nad oeddwn i am fynd gyda hi, yn mynd beth bynnag. Roedd am gamu allan o'm bywyd a'm bodolaeth i gan adael gwacter na fyddai dim i'w lenwi ond gwenwyn fy hunangarwch a'm malais.

Byddai'n mynd, meddai, am byth a'm gadael yn galon friw. Fyddai yna ddim dychwelyd, dim picio draw i'm gweld, dim cymundeb, dim cyfathrach o unrhyw fath, dim llais persain mewn breuddwyd. Mynd am byth ac yn llwyr. Fy unig ddewis, meddai hi, oedd imi fynd gyda hi, ac mi wyddwn i beth a olygai hynny.

Am ddyddiau lawer rwyf wedi bod yn crefu arni i gael mwy o amser i feddwl, i gael mwy o amser i ystyried popeth, i gael mwy o amser i benderfynu. Ond heddiw, llefarodd ei gair terfynol. Fory neu ddim. Doedd yna ddim newid meddwl i fod, dim cyfaddawdu.

Ac yr wyf wedi penderfynu. Mae byw hebddi yn gwbl amhosib. Os nad yw hi'n barod i aros efo fi, rhaid i mi ei dilyn hi. Hi yw fy ngoleuni a'm hiachawdwriaeth; hi yw fy mhopeth. Hebddi hi nid oes dim; mae'r byd yn wag, yn oer, yn anialwch digysur. Gyda hi mae'n baradwys.

Yn y diwedd dyw'r penderfyniad ddim yn un anodd. Yn wir, y dull yw'r unig broblem. A minnau wedi torheulo ar draethau hyfryd y gwynfyd yng nghwmni fy Ngwennol, tynfa'r môr yw tynfa ei pherswâd. Mae dyfnder yn galw ar ddyfnder a byddai'n weithred symbolaidd a allai ei phlesio hi pe defnyddiwn i'r môr i groesi i'r ochr draw. Mae'r afon yn atyniad symbolaidd hefyd. Ond yn y diwedd, wedi meddwl yn ystyrlon a dwys, rwyf wedi dod i'r farn mai preifat ddylai marwolaeth fod ac mai yng nghastell fy nhŷ yr wyf am iddo ddigwydd – yma, lle caf gymorth a chynhaliaeth gan Gwennol, a lle na all neb arall ymyrryd.

Ac yn y diwedd, roedd yr ateb yn syml – llwyth o dabledi lladd poen. Roedd digon o'r rheini yn y tŷ, er na wnaethon nhw fawr ddim gydol yr amser i ladd y math o boen y dioddefwn i ohono. Llwyth o dabledi a dogn go dda o wisgi. Dyna'r ateb!

Wedi dod i benderfyniad, roeddwn i'n teimlo'n llawen, yn ysgafn fy mron, a phan wenodd Gwennol yn gariadus arnaf a dal ei llaw allan i'm dwyn gyda hi, roeddwn i uwchben fy nigon.

TACHWEDD 24 1999

Ar y lan yr wyf o hyd, wedi methu croesi. Ond nid ar draeth y gwynfyd yr wyf. Cerrig geirwon sydd dan fy nhraed, tonnau trystfawr, bygythiol sy'n torri ar y creigiau, a chorwynt sy'n rhuo o'm cwmpas.

Potel lefrith a ddrysodd fy nghynlluniau. Ie, potel lefrith o bopeth dan haul! Y fath wamalrwydd! Bob bore'n ddi-ffael, ar wahân i ddydd Sul, daw'r dyn llefrith yn ei fan i'r pentre. Bob bore'n ddi-ffael mae'n gadael peint wrth fy nrws. Bob bore'n ddi-ffael yn ystod y flwyddyn ddiwethaf rwyf wedi bod yn estyn llaw ochelgar allan i gipio'r botel rhag i rywun fy ngweld. Bob bore Sadwrn yn ddi-ffael rwyf wedi bod yn gadael pres y llefrith am yr wythnos ar stepen y drws.

Ond un diwrnod, bron i bythefnos yn ôl bellach, doeddwn i ddim mewn stad i nôl y botel lefrith, ac erbyn drannoeth roedd dwy ar stepen y drws. Y cyfan oedd eisiau wedyn oedd cymydog busneslyd yn pasio, yn sylwi yn llawn chwilfrydedd ar ddwy botel, ac yn penderfynu bod rhywbeth o'i le.

Mi ddois ataf fy hun yn yr ysbyty, y gwenwyn wedi ei bwmpio allan ohonof a'r drip, drip cyson trwy fy ngwythiennau yn fy llenwi â hylif bywyd. Wedi pum niwrnod o ofal felly, wedi sawl sesiwn o siarad difrifol efo'r seiciatrydd yn yr ysbyty, mi ges ddod adref.

Ar y dechrau roedd awdurdodau'r ysbyty yn mynnu bod rhywun yn dod i edrych ar fy ôl. Ond gan nad oedd neb ar gael ond Anti Magi, a chan nad oeddwn am i honno wybod dim o'm hanes, dywedais nad oedd neb a allai ddod. Rhaid fy mod wedi llwyddo i roi gwedd weddol dda ar bethau gan iddyn nhw ganiatáu imi ddod adref yn y diwedd, ar y ddealltwriaeth fod rhywun o'r gwasanaeth iechyd yn galw i'm gweld yn rheolaidd, a 'mod i'n barod i gymryd meddyginiaeth.

Ac felly dyma fi yn ôl, yn fethiant llwyr. Wedi methu gadael i Gwennol fynd. Wedi methu mynd efo hi. Wedi methu hyd yn oed gyflawni gweithred mor syml â rhoi terfyn ar fy mywyd.

I ble'r af? At bwy y gallaf droi? Beth wnaf i yn awr? Trio eto? Yn sicr, does dim blas ar fyw. Does ond tywyllwch dudew o'm blaen. Fedra i ddim byw heb Gwennol. Rhaid imi ddal gafael ynddi hi, costied a gostio. Ceisiaf ddarllen un o'r pentwr llyfrau sydd wrth fy ngwely, ond mae dagrau yn cymylu fy llygaid. Ceisiaf lenwi fy meddwl â phob math o bethau, ond does ond Gwennol yno. Penderfynaf fynd allan, ond mae'r fenter yn ormod ac mae digon o fwyd tun yn y tŷ, fel nad oes rheidrwydd arnaf i fynd. Estynnaf y ffôn a'i ailgysylltu yn y wal i ffonio Ieuan neu'r gweinidog neu un o'm cymdogion, ond rwy'n ei ddal yn fy llaw mor hir bob tro nes bod y llinell yn cael ei thorri cyn i mi ddeialu.

Pa beth a wnaf? Ble mae Gwennol? Crwydraf o lun i lun gan ganolbwyntio a cheisio defnyddio grym ewyllys i'w thynnu allan o'r lluniau, i'w gweld unwaith eto yn estyn ei dwylo i afael ynof. Ceisiaf glustfeinio i'w chlywed yn galw drachefn: 'Tyrd ataf fi.'

Ond does yr un smic i'w glywed.

Ydi hi wedi ei siomi? Ydi hi wedi digio efo fi? Ydw i'n fethiant llwyr yn ei golwg? 'O, Gwennol, ble'r wyt ti?'

Ond does ond tawelwch yn fy ateb.

Bydd yn rhaid imi ailgychwyn y broses o'i denu'n ôl i'm gwyddfod a'i chadw; mynd o gwmpas y lluniau bob nos, goleuo'r canhwyllau, mynd i'w llofft, edrych ar ei gwely.

Alla i geisio unwaith eto ymuno â hi yr ochr draw? Mwy o dabledi y tro yma, mwy o wisgi. Mi wn bellach faint sy'n rhaid eu cymryd. Mi glywais i nhw'n siarad yn yr ysbyty. Tybed fyddwn i wedi marw hyd yn oed pe bai'r cymydog heb weld y poteli llaeth? Oeddwn i wedi cymryd digon o ddos? Neu oeddwn i'n fethiant yn hynny o beth hefyd?

Rwyf wedi bod yn fy holi fy hun ers i mi ddod adref – holi oeddwn i o ddifri eisiau rhoi terfyn ar fy mywyd, ynteu ai act i dynnu sylw Gwennol ydoedd? A oeddwn i'n ceisio'i thwyllo i aros? Oeddwn i'n gobeithio y byddai, o weld fy ymdrech a'i barchu, yn barod i barhau i fyw mewn deufyd? Ai ceisio profi i Gwennol 'mod i o ddifri oeddwn i? Ynteu oeddwn i wir yn ormod o lwfrgi i gyflawni hunanladdiad? Onid mesur arall o'm methiant ydoedd! Pwys arall ar ochr ffaeleddau clorian fy mywyd. Pa ryfedd fod y bywyd hwnnw mor anghytbwys.

Beth a wnaf? Rwy'n treulio fy nyddiau yn edrych yn syth o'm blaen, wedi datgysylltu'r ffôn, yn gwrthod agor y drws i neb, a'r llenni'n dal ar gau, yn gwrthod gadael i Gwennol fynd er na allaf ddod o hyd iddi. Ond gwn ei bod yma yn rhywle. Gwn ei bod yn edrych arnaf, yn fy ngwylio. Yn edrych am arwydd fy mod o ddifri. Wel, mi ddangosaf iddi. Fydd neb na dim arall yn fy meddwl o hyn ymlaen. Ddydd a nos, mi ymlidiaf o'm hymennydd unrhyw feddyliau eraill a gais loches yno. Mi ganolbwyntiaf ar Gwennol. Mi dreuliaf rannau helaethaf fy nyddiau yn y gwely er mwyn gallu gwneud hynny. Codi'n unig i wneud tamaid o fwyd ac i gerdded y bererindod ddyddiol o gwmpas y lluniau, i newid y canhwyllau a'u cynnau. Byddaf mor ddeddfol â'r offeiriad yn ei deml. Teml i Gwennol fydd fy nhŷ, Effesus fy Niana. Oni allaf i ymuno â Gwennol, onid oes gen i'r gyts i gyflawni hunanladdiad, fe fydd yn rhaid i Gwennol aros. Mi wnaf iddi fod yma.

Dal d'afael ynddi, Rhys, dal d'afael ynddi.

Rwy'n gwneud. Rwy'n gwneud.

Wrth gwrs roedd yn rhaid iddi *hi* ddychwelyd. Roeddwn i'n gwybod y deuai – chollodd Shirley erioed gyfle yn ystod misoedd olaf ein cyd-fyw i darfu arnaf, i'm dirmygu a'm diraddio. Doedd hi ddim yn debyg o golli'r cyfle euraid hwn.

Doedd hi'n ddim ond llais i ddechrau. Llais persain, anwesog, gwawdlyd; ond yn raddol fe ymrithiodd o'm blaen, yn ei llawn iechyd, yn ei llwyr rywioldeb; yn yr osgo gyfarwydd honno pan fyddai yn fy nenu er mwyn fy ngwrthod. Ei thafod yn chwarae'n synhwyrus ar hyd ei gwefusau, ei bronnau a'i thethau chwyddedig yn ymwthio'n haerllug yn erbyn ei gŵn nos, a'i choesau fymryn ar led yn awgrymu bod dinas noddfa a nefoedd i mi rhwng ei chluniau.

'Ac mi fethaist.' Ei llais fel mêl ond bod colyn ynddo. 'Methu'n druenus. Methu hyd yn oed dy ladd dy hun. Be oedd yn bod? Methu cyfri? Cyfansoddiad cryfach nag oeddet ti'n ei feddwl oedd gen ti? Pobl o'r tu allan yn busnesa yn rhy fuan? Achubiaeth cyn i'r gwenwyn wneud ei waith? Na, choelia i fawr, ddim un o'r rhain. Creadur ffals wyt ti hyd yn oed yng nghors dy drueni. Nid ymgais i'th ladd dy hun oedd cymryd y tabledi, ond ffordd o dynnu sylw atat dy hun. Dwyt ti wedi newid dim. Tydi a neb arall sy'n bwysig, a chri am sylw oedd y tabledi. Y creadur bach pathetig.'

Roedd pathetig yn un o'i hoff eiriau pan fyddai'n

fy nifrïo. Codais ar fy eistedd yn y gwely i edrych arni, ond doedd hi ddim yno, er bod ei llais yn dal i lenwi'r ystafell.

'Wyt ti'n cofio fel y byddet ti eisiau bod yn ganolbwynt y sylw? Wyt ti'n cofio fel y byddet yn cymryd arnat dy fod mor ddoeth? Mor foesgar, mor ystyrlon o bawb? Ond mi wyddwn i sut un oeddet ti, neu o leia mi ddois i wybod. Wyt ti'n cofio? . . . Wyt ti'n cofio?' Roedd ei llais mor undonog ailadroddllyd ag offeiriad yn canu'r offeren.

'Wrth gwrs 'mod i'n cofio,' atebais yn uchel nes bod y waliau'n atseinio. 'Yn cofio sut un oeddet tithau hefyd, yr hwren anystyriol.'

Wrth gwrs 'mod i'n cofio. Yn cofio mor sydyn ddisymwth y dirywiodd ein perthynas o wynfyd i uffern. Ni fu hydref lliwgar rhwng haf a gaeaf ein perthynas ni.

Ond fe fu yna wanwyn siriol iawn.

Rwy'n cofio'r tro cyntaf i mi ei gweld. Roedd hi'n ysgrifenyddes i gwmni llwyddiannus, a minnau'n weithiwr ifanc yn y banc, ac wedi cael fy newis yn un o gynrychiolwyr y gangen i fynd i dderbyniad dathlu llwyddiant y cwmni hwnnw i gwblhau rhyw fargen arbennig.

Roedd hi'n gwibio o gwmpas ei gwesteion fel gwas y neidr lliwgar, yn dal a deniadol a siapus, a'i gwên yn awgrymu nefoedd yn ei chwmni a haul ei hwyneb yn atgoffa dyn o ddolydd breision braf.

Rhoddodd fwy o sylw i mi nag i neb arall oedd yno, am fy mod i'n iau ac yn nes at ei hoed efallai.

Fe wnaeth ohonof fi ddyn newydd, a phan ddechreuson ni ar berthynas a arweiniodd at ein

priodas roeddwn i fel taswn i wedi profi ail-
enedigaeth, yn meddu ar deimladau na ddychmygais
erioed eu bod yn bosib imi, yn gwneud pethau na
feddyliais erioed y gallwn eu cyflawni. Myfi, syber,
barchus. Daw rhai o'r digwyddiadau hyn yn ôl wrth
imi orwedd yn y gwely a'i llais o'm cwmpas yn
llenwi'r ystafell.

Cofio mynd i aros i'r gwesty hwnnw i fwrw Sul.
Antur fawr yr aros cyn priodi, a'r teimlad o
amharchusrwydd ac anlladrwydd – yn fy nhyb i –
yn rhoi blas ar y profiad.

Doedd *hi* ddim yn ddibrofiad os oeddwn i. Ond
doedd hynny'n poeni dim arnaf. Roeddwn fel disgybl
awchus a hithau'n athrawes gelfydd yn fy arwain i
ddringo bryniau serch a chyrraedd y pinaclau.

'Tyrd i'r bath efo fi,' meddai, 'dyw dŵr yn ddim
help i garu ond mi elli wneud gwyrthiau efo'r
sebon.'

Doeddwn i ddim hyd yn oed yn deall beth roedd
hi'n ei feddwl, a wnes i ddim darganfod y tro
hwnnw chwaith! Ond tynnais amdanaf gan gadw fy
nghefn ati. Hithau'n gweiddi arnaf:

'Hei, dwi ddim eisiau gweld dy din di. Be sgen ti
i'w guddio? Dangos o i mi.'

A phan drois i'n betrus i'w hwynebu, meddai,
'Wel, does raid i ti ddim bod â chywilydd yn
nagoes?'

Gorweddai Shirley yn nŵr llawn trochion y bath
yn edrych fel angyles a'i choesau ar led dros yr
ochrau yn aros amdanaf. Minnau fel rhyw reino
trwsgwl yn gymysgedd o chwant ac o gywilydd
o'm noethni, yn cofio dim am ddarganfyddiad

105

Archimedes ac yn neidio i mewn ati a chynhyrchu'r fath don nes bod hanner y dŵr yn tasgu'n llifeiriant ffyrnig dros yr ochr a thros lawr y bathrwm i gyd.

Ninnau'n dau yn chwerthin yn afreolus cyn sobri'n sydyn wrth sylweddoli y gallai'r dŵr, yr eiliad honno, fod yn llifo drwy'r nenfwd ac i lawr i'r ystafell oddi tanom.

Treuliodd Shirley yr hanner awr nesaf ar ei gliniau – yn noeth – yn sychu'r carped efo'r sychwr gwallt. Siglai ei bronnau trymion wrth iddi blygu ymlaen ac roedd ei hwyneb yn goch fel tân a'i chorff yn foddfa o chwys. A'r ddau ohonom yn chwerthin fel plant ysgol yng nghefn dosbarth. Ond ar ei phen ei hun yr aeth i'r bath wedyn ac ar y gwely y cefais i, greadur diramant, dibrofiad, fy ngwers gyflawn gyntaf a roes gychwyn ar flynyddoedd o fwynhau campau rhywiol o bob math.

Fore trannoeth wrth y bwrdd brecwast cododd Shirley ei golygon tua'r nenfwd ac amneidiodd arnaf fi i edrych. Ar ei ganol yr oedd staen melyn.

Flynyddoedd yn ddiweddarach, wedi i ni ysgaru, bûm yn aros yn y gwesty hwnnw drachefn. Fyddwn i byth wedi aros yno taswn i'n gwybod, ond y banc oedd wedi gwneud y trefniadau, ac roedd y gwesty wedi newid ei enw. Amser brecwast y bore cyntaf edrychais i weld oedd y staen yn dal yno. Doedd o ddim, wrth gwrs, er i mi ddychmygu y byddai wedi ymledu dros y nenfwd fel yr oedd staen casineb wedi ymledu dros wynder dilychwin ein priodas ni.

Ambell waith ar ôl i ni briodi mi fyddwn i'n gorfod mynd i ffwrdd ar gwrs neu i gynhadledd, a chofiaf yn iawn y tro cyntaf i hynny ddigwydd. Er mai dim ond am dair noson y byddwn i ffwrdd, roedd ein gwahanu fel pe bawn i yn mynd i Awstralia. Erbyn yr ail ddiwrnod roedd hi wedi anfon llythyr ataf i'r gwesty yn Llundain ac fe'i cedwais heb ei agor nes imi fynd i'r gwely y noson honno.

Tynnais amdanaf, mynd i'r gawod a gorwedd yn noethlymun ar fy ngwely i ddarllen y llythyr a meddwl am Shirley. Roedd o'n llawn angerdd a hiraeth a dyheu amdanaf. Ac yna ar y diwedd roedd dyfyniad o un o'i hoff gerddi – fe'i cofiaf fel petai'n ddoe. Roedd fel arwydd o benllanw ein cariad at ein gilydd:

> *. . . stroke the little doll of me*
> *till I am crazed with invisible*
> *caresses . . .*

Nid oedd angen na chylchgrawn na ffilm arnaf i'm cynhyrfu y noson honno.

O gwyddai, gwyddai fy Shirley sut i'm deffro, i'm cyffroi, a phan ddarganfu ei bod yn feichiog ar ôl cyfnod o garu tanbaid, roedden ni'n dau ar uchelfannau'r maes. Byddai plentyn ein huniad ni yn berffaith, yn batrwm gan faint yr angerdd a'r ymdrech rywiol a'i creodd. Ac felly yr oedd. Roedden ni'n deulu hapus uwchben ein digon, yn berchen ar bopeth ac mewn angen am ddim. Oedden, yr oedden nhw'n ddyddie da – dros ben.

Ond yn y dyddiau heulog hynny mi ddylswn i fod wedi synhwyro'r sarff oedd yn Eden. Roedd Shirley'n greadures anniddig, byth yn llonydd, byth yn fodlon. Yn fflyrt wrth natur a'i gwenau ar ddynion ar bob achlysur yn awgrym o addewid.

A ninnau'n swpera mewn gwesty yn y dref un tro, clywais ddau ddyn yn siarad amdani yn y toiled, er nad oeddwn i'n sylweddoli ar y pryd mai hi oedd testun eu sgwrs.

'Arglwydd, faswn i ddim yn gwthio honna allan o'r gwely.'

'Ei gwthio allan. Mi faswn i'n ei llusgo i mewn iddo. A faswn i fawr o dro yn rhoi hon iddi chwaith.'

'Ac yn ôl pob sôn fase hi ddim yn gwrthod. Does dim digon iddi i'w gael – dyna glywais i beth bynnag, a hynny o le da. Dyw ei gŵr hi ddim hanner digon o ddyn iddi.'

Ni chanodd eu tawelwch sydyn yr un gloch yn fy ymennydd pan ddois i i'r golwg. Fe allen nhw fod yn siarad am unrhyw un, a hwyrach mai felly yr oedd hi hefyd. Fisoedd yn ddiweddarach y cofiais i am y sgwrs, pan oeddwn i'n araf sylweddoli nad oedd fy Shirley mor bur a dilychwin ag y carwn feddwl ei bod.

Ydi hi'n dal yma? Yn yr ystafell? Na, mae hi wedi mynd a does dim o arogl ei phersawr yn fy ffroenau. Mae ei llais wedi cilio hefyd. Ond mae hi wedi agor drws fy atgofion led y pen. Y mae hi wedi cyflawni trosedd anfaddeuol arall hefyd. Mae hi wedi ymlid Gwennol o'm meddwl. Pam nad wyf y funud hon yn cynllunio sut i ddal gafael arni hi, neu i'w dilyn? Sut nad yw fy holl feddwl arni hi? Ai bustl ein torperthynas sy'n fy ngwenwyno? A yw'r gwenwyn hwnnw'n debycach o lwyddo na thabledi? Ai hyn yw gwir dorcalon – ail-fyw gwynfyd ac adfyd nes ei fod yn fy mygu, yn afael tyn dwylo ar fy nghorn gwynt?

Ond mae'r drws wedi agor ac y mae'r atgofion yn dal i lifo drwyddo.

Ni chofiaf yn iawn pa bryd y deuthum yn ymwybodol fod rhywun arall pendant yn ffurfafen ei bywyd. Rhyw ddeffro'n raddol i'r sefyllfa a wnes i, am wn i. Sylwi ei bod yn sôn fwyfwy am ryw ddyn busnes roedd hi wedi ei gyfarfod yn ei gwaith, ac o dipyn i beth fe amlhaodd y sesiynau gwaith fin nos, nes iddyn nhw gyrraedd penllanw ddwywaith, weithiau deirgwaith yr wythnos.

O'r diwedd gwawriodd y gwir arnaf. Roedd ei gofynion rhywiol yn llawer llai arnaf ac roedd rhyw sioncrwydd newydd yn ei cham. Ac un min nos fe'i cyhuddais o fod yn gweld rhywun arall.

Fe gafodd sioc. Sioc 'mod i, naïf, wedi deall. Gwadu wnaeth hi, gwadu'r cyfan. Ond mi wyddwn erbyn hyn mai celwyddau oedd yn cael eu hadrodd wrthyf.

Gwnaeth ei gorau i'm darbwyllo ei bod yn ffyddlon i mi. Wedi'r cyfan, roedd ganddi gymaint i'w golli: bywyd diogel heb ofalon ariannol, cartref cysurus, swydd oedd yn gweddu iddi ac i batrwm ein byw, merch oedd yn gannwyll ein llygaid a gŵr oedd yn prysur wneud enw iddo'i hun ym myd bancio, ac yn dringo ysgol llwyddiant.

Mae'n eironig mai ar y noson iddi wneud ei gorau i'm perswadio nad oedd neb ond y fi yn cyfri y torrodd yr edefyn brau oedd yn ein dal wrth ein gilydd.

Roedd Gwennol yn bymtheg oed erbyn hyn ac am fod ffrind iddi'n dod i aros dros y Sul roedd Shirley wedi cynllunio i ni'n dau fynd am bryd o fwyd i westy gorau'r dre efo Harold a Catherine, ffrindiau Shirley. Doeddwn i erioed wedi bod yn or-hoff o Catherine; roedd ganddi drwyn main fel llwynoges ac arferiad od o blygu ei phen ymlaen rhag colli unrhyw air o sgandal oedd yn digwydd bod yn hedfan o gwmpas y lle. Problemau pobl eraill oedd fynychaf ar ei bwydlen, ac os oedden nhw'n rhai rhywiol, gorau yn y byd. Ond roedd Shirley yn hoff ohoni ac roedd Harold yn greadur digon rhadlon er nad oedd dim yn gyffredin rhyngddo ef a mi.

Treuliwyd rhan helaetha'r pryd yn ddigon digyffro a'r sgwrsio yn ddigon cyffredin ac arwynebol a diddigwydd. Ond rywbryd rhwng y pwdin a'r coffi gofynnodd Catherine i Shirley yn blwmp ac yn blaen sut oedd pethau rhyngom ein dau. A chan fod cryn dipyn o win wedi ei yfed erbyn hynny, roedd y tafodau'n dechrau llacio. Dechreuodd Shirley gwyno arnaf a'm gwawdio'n gyhoeddus, rhywbeth nad oedd hi erioed wedi ei wneud o'r blaen, ac erbyn iddi yfed dau frandi ar derfyn y pryd bwyd roedd hi ar gefn ei cheffyl.

Roedd Harold yn edrych arni'n gegagored, ac roedd hyd yn oed Catherine yn methu gwybod beth i'w wneud, pa un ai llyfu ei gweflau a phlygu ymlaen i ddal ar bob cymal neu ymgilio'n ôl rhag y llifeiriant geiriol a ddeuai o enau Shirley.

'A dydi'r diawl yn da i ddim yn gwely,' meddai, gan edrych arnaf fel pe bawn yn lwmp o faw. 'Fuo fo erioed yn fawr o giamstar, a dweud y gwir. Methiant truenus faswn i'n ei alw fo. Pathetig.'

'Ond mae ganddoch chi ferch i brofi nad ydi

hynny'n gwbl wir,' meddai Harold yn dawel, fel pe bai'n ceisio tywallt olew ar fôr cynhyrfus.

'Hy,' meddai Shirley, ac yr oedd gwenwyn casineb yn yr 'hy' hwnnw. 'Wyddoch chi sut y cenhedlwyd Gwennol? Garech chi wybod yr hanes, y stori ramantus?'

Ni allai Catherine guddio ei chwilfrydedd. Pwysodd ymlaen yn awchus, a thaniodd Harold sigâr arall a cheisio cuddio'i wyneb y tu ôl i gwmwl o fwg.

'Cenhedlu wir,' meddai Shirley. 'Roeddwn i wedi erfyn arno ers misoedd i roi plentyn i mi, ond fedrai o ddim. Roedd o mor fflat â phancosen. Yna, un noson, noson fythgofiadwy ac yntau wedi methu unwaith yn rhagor, mi gododd yn sydyn o'i wely ac mi aeth i'r bathrwm ac ymhen ychydig fe'i clywais yn tuchan. Mi ddaeth yn ei ôl a'i had dros ei law i gyd a rhoddodd beth ohono ar flaen ei fys a'm stwffio fel taswn i'n fuwch ac yntau'n ddyn tarw potel. "Hwde," medde fo, "os mai babi wyt ti ishio, babi gei di." A dyna i chi sut y cenhedlwyd Gwennol.'

Penderfynodd Catherine yn sydyn fod eisiau mynd i'r toiled arni a chafodd Harold blwc cas o besychu. Eisteddais innau yno yn syfrdan yn edrych ar Shirley, ar y gwrid oedd ar ei hwyneb, a'r tro maleisus yn ei gwefusau.

Y gnawes. Roedd ein caru cyn cenhedlu Gwennol yn rhywbeth arbennig, yn rhywbeth sanctaidd yn fy ngolwg, yn brofiad nad oedd gan neb yr hawl i'w rannu heb gytundeb y ddau ohonom. A dyma hi, flynyddoedd yn ddiweddarach, wedi troedio mewn

111

esgidiau hoelion ar ddaear gysegredig ein cariad a'n perthynas arbennig ni, ac wedi gwneud hynny trwy ddweud celwydd.

Roedd cynddaredd annaturiol yn berwi ynof yn y tacsi ar y ffordd adref. Ddywedais i ddim byd wrth gerdded y llwybr o'r ffordd at ddrws y tŷ. Ddywedais i ddim wrth roi'r allwedd yn y clo a chamu i mewn i'r cyntedd, dros y mat a'r gair croeso arno. Ond yno, wedi cau'r drws, fe'i trewais – ergyd galed ar draws ei hwyneb, ac yn yr ergyd honno roedd dialedd am fy nifrïo a holl emosiwn y misoedd diwethaf wedi eu crynhoi.

Edrychodd arnaf fel pe bawn wedi ei saethu. Yn syfrdan. Yn methu coelio. Yna'n araf cododd ei llaw at ei boch a theimlo'r gwrym oedd eisoes yn codi arni.

Daeth sŵn o ben y landin, ac edrychais i fyny a gweld Gwennol yno yn dyst distaw i'r cyfan. Ddywedodd hi ddim, dim ond edrych yn anghrediniol arnom cyn troi ar ei sawdl a diflannu i'w llofft.

Dirywio'n gyflym a wnaeth ein perthynas ar ôl hynny. Prin y byddem yn siarad â'n gilydd dim ond i edliw. A thyst mynych i'n ffraeo direswm oedd Gwennol, yn dweud dim, yn gwaedu'n fewnol a'r clwyf yn ymledu a dyfnhau.

Bu'r broses ysgaru yn un anghymodlon ddiflas, ond y fi gafodd Gwennol. Doedd ar Shirley mo'i heisiau, ac i mi roedd hynny'n dweud y cyfan amdani. Pa ryfedd iddi ddychwelyd yn fy ngwendid i'm dilorni, i'm difenwi, i dywallt llysnafedd ei hatgasedd arnaf. Y bitsh!

RHAGFYR 7 1999

Cynddaredd sy'n fy nghadw i'n fyw. Dialedd.
Casineb. Bob nos rwy'n pendilio rhwng gwneud
ymdrech arall i ymuno â'm hannwyl Gwennol ac
aros yn fyw. Mae tynfa Gwennol mor gryf ag erioed,
dywedaf wrthyf fy hun. Mae'r gwacter hebddi mor
ddiffaith ag erioed, meddaf. Ac mae hi'n dawel. Ydi
hi wedi mynd er 'mod i'n 'cau gollwng? Ydw i'n
dechrau mynd yn esgeulus fy hwsmonaeth ohoni?

Ond y mae yna dynfa arall erbyn hyn. Fel y
ciliodd llais Gwennol daeth llais Shirley yn gryfach,
fel gorsaf dramor aflafar yn torri ar draws eglurder
tôn fy ngwrando. Ei gwawd! Ei dirmyg!

Wel, mi ddangosa i iddi. Mi wna i fyw fy mywyd
tase dim ond i brofi iddi hi 'mod i'n gallu, fod gen
i'r gyts i fyw. Mae fy nghasineb at Shirley yn gryfach
nag unrhyw gasineb at y rhai y tybiais iddynt achosi
marwolaeth Gwennol.

Ond pendilio yr wyf.

Neithiwr roeddwn i mewn llys apêl. Y llys oedd i
benderfynu fy nhynged – marw er mwyn cael mynd
at Gwennol, neu fyw er mwyn cael dial ar Shirley?
Roedd dau fargyfreithiwr yn dadlau'r achos ac yn ei
gyflwyno i'r barnwr.

'Fe gollodd y gŵr hwn, Fy Arglwydd,' meddai
un, 'yr unig beth yn ei fywyd oedd yn gallu ei sugno
allan o'i hunan-les a'i hunanoldeb. Y mae, ar ei
gyfaddefiad ei hun, yn ŵr hunanganolog, yn
ystyried popeth o safbwynt yr effaith a gaiff arno ef.

113

Ond fe gollodd hwn gannwyll ei lygaid; diffoddodd y goleuni yn ei fywyd; symudwyd y lamp oddi ar ei allor. Onid rhesymol yw caniatáu iddo'r hawl i ddilyn y golau – i ddilyn ei ferch i'r gwynfyd? Ni pherthyn i'r llys hwn benderfynu a oes bywyd tragwyddol ai peidio, na beth yw natur y bywyd hwnnw; digon ei fod ef yn credu ynddo ac yn credu'n angerddol y gall ddal ei afael yn ei annwyl ferch. Yn enw cyfiawnder, yn enw trugaredd, yn enw tosturi, gadewch iddo fynd.'

Yna cododd y bargyfreithiwr arall ar ei draed, ac yr oedd ei lais yn llenwi'r llys.

'Nid felly o gwbl, Fy Arglwydd. Mae cryfach teimladau ac emosiynau yn rheoli ei fywyd bellach – ei gasineb at Shirley, y wraig a'i bradychodd. Rwy'n derbyn ei fod yn cael ei dynnu ddwy ffordd – gan ei gariad at ei ferch a chan ei gasineb at ei wraig. A chan mai dynol ydym oll ac mai mewn byd amherffaith y trigwn, nid cariad sydd, yn amlach na pheidio, yn perffaith gario'r dydd. Mynnwn iddo yr hawl i fyw i boenydio ysbryd anesmwyth ei wraig, y wraig nad yw'n haeddu tragwyddol hedd.'

Ond neidiodd y bargyfreithiwr arall ar ei draed.

'Cymhelliad annheilwng i fyw erddo yw dialedd a chosb,' meddai. 'Ni ellir adeiladu bywyd ar y fath sylfeini simsan. Ni all yr un llys roi hawl i unrhyw un fyw er mwyn dial. Ond mae ei ddyhead i ddilyn Gwennol, i'w chadw a'i choleddu, yn ddyhead hardd, prydferth. Y drwg yn erbyn y da, dyna'r dewis yma, a fedrwch chi, Fy Arglwydd, ddim ond dyfarnu un ffordd – o blaid y da.'

Ond roedd gan y llall ei ateb hefyd, ac roedd o yn

ôl ar ei draed, bron cyn i'r cyntaf eistedd, wedi synhwyro gwendid mewn dadl.

'Falle fod sylfaenu apêl ar sail casineb a'r awydd i dalu'n ôl, i ddial, yn sail sigledig ac y gellid dadlau mai drwg ydyw. Ond beth yw'r dewis arall? Cymeradwyo hunanladdiad sy'n drosedd o safbwynt moesol a chyfreithiol? Pa lys apêl a all ddyfarnu o blaid y fath beth? Fe fyddai'n gwneud nonsens llwyr o'r gyfraith.'

Eisteddodd i lawr a gwên foddhaus yn chwarae o gwmpas ei geg.

Bu'r barnwr am gryn amser yn penderfynu, ac yna wedi oes o dawelwch, fe drodd gŵr diwyneb y gamfa ataf, a llefarodd ei ddedfryd.

'Y mae'r ddwy ochr wedi cyflwyno achosion cryf, achosion teg, a charwn eich llongyfarch eich dau ar ddull meistrolgar eich traddodi. Rwy'n ei chael yn anodd penderfynu. Mae grym yn y ddwy ddadl, ac eto mae paradocs yma. Os oes raid i'r apeliwr farw er mwyn cael cwmni Gwennol, pam bod rhaid iddo aros yn fyw i boenydio Shirley? Mae'r ddwy mewn stad o farwolaeth – pam felly marw i gael cwmni un, a byw i ddial ar y llall? Ond, ac anghofio hynny, gan fod gan yr apeliwr, mae'n siŵr, ei resymau dros ofyn am ddyfarniad llys ar ei broblem, rhaid cyfaddef bod grym yn y ddwy ddadl. Yn y bôn, tyndra rhwng cariad a chasineb, rhwng da a drwg sydd yma. Ac eto, pa un yw'r da a pha un yw'r drwg yn yr achos? Anodd dweud. Mae'r croestynnu yn gameo o fywyd, lle mae'n rhaid i bawb ddewis, a dewis am fod gan bawb ryddid ewyllys. Byddai i mi ddyfarnu'r naill ffordd neu'r llall yn dwyn oddi ar y diffynnydd hwn ei hawl i'w ddewis ei hun. Ni all y gyfraith roi hawl i weithredu casineb nac i gyflawni hunanladdiad, ond gall beidio â dyfarnu y naill ffordd na'r llall. Am hynny fy mhenderfyniad yw peidio â gwneud penderfyniad. Gadael y dewis i'r diffynnydd ei hun.'

'Doedd hyn'na i gyd yn fawr o help,' meddwn i wrthyf fy hun wrth godi'r bore hwnnw a gwthio 'nhraed i'm sanau tyllog.

Wel, gan mai fy mhenderfyniad i ydoedd, byw yw'r ateb, byw er mwyn aflonyddu ar Shirley. Ac wrth baratoi a bwyta brecwast, yn beiriannol fel arfer, fy nghasineb ati hi oedd yn llenwi fy mryd a'm meddwl. Ac roedd llwyddo i wneud y te a thywallt paned cyn i'r newyddion ar y radio ddod i ben, a bwyta darn o dost cyn diwedd rhagolygon y tywydd yn gadarnhad 'mod i wedi gwneud y penderfyniad iawn. Gallasai pethau fod wedi bod mor wahanol arnom fel teulu pe bai Shirley wedi aros yn ffyddlon imi. Byddwn wedi ei nyrsio'n gariadus yn ei misoedd olaf, a phwy a ŵyr na fyddai cwrs bywyd Gwennol yn un cwbl wahanol, ac y byddai yn awr yn dal yn fyw. Gwennol! Roedd cryn amser wedi mynd heibio ers imi feddwl amdani hi. 'Mae'n ddrwg gen i, Gwennol. Mae'n wirioneddol ddrwg gen i.'

Ac yn orffwyll bron sibrydais eiriau'r soned 'Remember':

> But if you should forget me for a while,
> And afterwards remember, do not grieve.

Ie, geiriau Gwennol ei hun, rhaid imi gredu hynny, '*do not grieve*', paid â galaru. Dwi'n dallt. Ac yr oedd Gwennol yn dallt, rwy'n siŵr.

116

Mae Shirley yn dal i'm poenydio; mae hi'n llais cyson yn fy mreuddwydion; mae ei gwawd yn arlwy parhaus imi yn fy ngwely.

Rydw i'n dal yn y gwely, heb godi. Na, rwy'n dweud celwydd. Mi es i lawr am hanner awr wedi saith i agor y drws a rhoi fy llaw allan i estyn y botel laeth. Ond doedd 'na'r un yno. Cofio ei bod yn fore Sul. Gwneud paned yng nghanol y blerwch oedd eto wedi crynhoi, ac yna yn ôl i'r gwely fel pe bawn i'n mwynhau bywyd hamddenol yr ymddeoledig. Ond mae fy meddwl yn un tryblith a llais Shirley yn dal i'm gwatwar. Fy mywyd a'm bodolaeth i sydd i fod i greu anhunedd iddi hi, ond ar hyn o bryd hi sy'n creu anhunedd i mi. Y gnawes ystumddrwg. Mae hi wedi darganfod ffordd o droi'r byrddau arnaf ac mae ei chasineb tuag ataf yn rheoli fy nghasineb i tuag ati hi.

Dyna hi eto, yn fwy na llais y tro hwn, yn gorff byw hefyd, yn edrych heibio cil y drws arnaf, yn fy ngwawdio, yn fy ngwatwar, yn dangos ei chluniau siapus, yn agor ei choesau'n awgrymog.

Aros di i mi dy ddal di. Ac allan o'r gwely â mi gan weiddi, 'Shirley, Shirley, aros y slwten.' Ond roedd hi wedi diflannu. Sefais ar ben y grisiau yn edrych i gyfeiriad pob llofft yn ei thro. Ac yn gweiddi'n orffwyll, 'Shirley, lle wyt ti? Shirley, lle wyt ti? Tyrd yma'r butain.'

'Bore da, Rhys.'

Torrodd llais tawel, digyffro, gwastad ar draws fy ngweiddi gorffwyll, llais o waelod y grisiau. Edrychais i lawr a gweld Ieuan yno yn edrych arnaf, yn dyst distaw i'r cyfan.

'Ieuan.'

'Rhys.'

'Roedd y drws ar agor. Ddaru mi gnocio, ond ches i ddim ateb.'

Damia, roeddwn i wedi anghofio cloi'r drws ar ôl estyn am y botel lefrith. Am y tro cyntaf! Oedd hynny'n dweud rhywbeth tybed? Oedd yna neges yn y peth? Llwyddais i gamu i lawr y grisiau mewn pedwar cam a hynny heb gyffwrdd yr ochrau a'm llygaid wedi cau. Ond roedd o'n dal yno pan gyrhaeddais i'r gwaelod. Ac yna yn sydyn ymwybodol o'r olwg oedd arnaf yn fy mhyjamas agored blêr, dyma lamu'n ôl i fyny'r grisiau drachefn a tharo fy nillad amdanaf.

Doedd dim sŵn yn dod o waelod y grisiau, ond pan gyrhaeddais yn ôl i ben y landin roedd o'n dal yno.

'Tyrd i mewn,' meddwn i, gan gerdded o'i flaen i'r gegin.

Chymerodd o ddim sylw o'r blerwch, neu o leia ddywedodd o ddim. Symudodd bentwr o ddillad oddi ar gadair ac eistedd arni. Eisteddais innau ar ei gyfer ac am ennyd doedd dim siarad rhyngom, fel petaen ni'n ddau gariad swil yn cyfarfod am y tro cyntaf.

'Sut wyt ti, Rhys?'

'Dwi'n iawn 'sti. Tithe?'

'Ydw'n iawn. Ar fy ffordd i'r oedfa. Cael hen freuddwydion cas?'

'Breuddwydion?'

'Dy glywed di'n gweiddi ar Shirley gynnau.'

'Ydw am wn i. Cysgu'n broblem yn aml.'

'Be sy'n dy gadw di'n effro? Hel meddyliau? Atgofion?'

'Ia, a lleisiau'r nos.'

Wn i ddim pam roeddwn i'n ei ateb o fel hyn chwaith. A pham wnes i ei wahodd i'r gegin. Roedd arna i eisiau iddo fo fynd. Doedd ganddo fo ddim hawl bod yma. Doeddwn i ddim wedi ei wahodd. Roedd o wedi dod i mewn heb wahoddiad. A does gan neb hawl i hynny, debyg.

'Mi anghofiais i gloi'r drws neu faset ti ddim wedi gallu dod i mewn. Dydw i ddim eisiau gweld neb. Tydw i ddim mewn stad i weld neb. Pam na adewi di lonydd i mi? Mae gen ti dy fywyd dy hun i'w fyw heb falio amdanaf fi. Dos.'

Hanner godais o'm sedd i agor y drws iddo.

'Be am baned?' yn yr un llais gwastad, digyffro. 'Mi wnâi les i'r ddau ohonon ni.'

Edrychais arno, ar yr wyneb llawn, caredig, tawel, wyneb fu allan gymaint mewn gwynt a glaw a heulwen. Roedd mwy o wyn yn ei wallt na'r tro diwethaf y gwelais ef a sylwais fod croen ei wddw yn dechrau llacio. Ond yr un Ieuan oedd o, wedi gwisgo'i siwt orau gan gynnwys y wasgod ar gyfer y capel.

Yn erbyn fy ewyllys bron fe'm cefais fy hun yn llenwi'r tecell ac yn gwneud paned. Tra oedd y te yn bwrw'i ffrwyth fe dynnodd ei getyn allan ac wedi i mi nodio 'mhen ar ei amnaid trawodd ef yn erbyn ymyl y blwch llwch oedd yn dal ar y grât, yna estynnodd ei dun baco a dechrau llenwi ei getyn yn araf ofalus fel petai dim byd arall yn bwysig. Cododd stribed strae o faco oddi ar ei siwt a'i roi yn ôl yn dringar yn y tun cyn ei gau a'i roi yn ei boced. Yna gwasgodd y baco i mewn i'r cetyn, ddim yn ysgafn rhag iddo fod yn rhy llac, ddim gormod rhag ei wneud yn rhy dynn. Yna cododd ei ben.

'Wyt ti'n siŵr ei bod yn iawn i mi gael smôc?'

'Wrth gwrs.'

Taniodd tra oeddwn i'n tywallt y baned, a chofiais innau mai diferyn o laeth a hanner llwyaid o siwgwr oedd o'n ei gymryd yn ei de.

Eisteddodd yn ôl yn tynnu'n fodlon braf ar ei getyn ac yn yfed ei de bob yn ail.

Er fy ngwaetha roeddwn i'n teimlo rhyw dawelwch, rhyw dangnefedd yn ei gwmni.

'Dwi wedi canu cloch y drws lawer gwaith, wyddost ti.'

'Mi dynnais y batri ohoni.'

'Dwi wedi curo droeon hefyd, a thrio'r drws.'

'Roeddwn i'n fyddar i bob curiad o'r tu allan, ac mae'r drws wedi bod ar glo.'

'Dwi wedi ceisio ffonio.'

'Mae'r ffôn wedi ei ddatgysylltu.'

'Rwyt ti wedi cau popeth allan o dy fywyd, popeth a phawb.'

'Do.'

Tynnodd ar ei getyn drachefn a gollwng colofn ar ôl colofn o fwg i dreiglo'n araf tua'r nenfwd.

'Dwi wedi gweddïo llawer drosot ti, wyddost ti.'
Yr un llais tawel, digyffro.

'Do.'

Ac i'm meddwl daeth geiriau'r emyn: 'Aed gweddïau'r saint i fyny, hwyr a bore'n ebyrth byw.' I fyny!

'Aethon nhw ymhellach na mwg dy getyn di?'

'Be wyt ti'n feddwl?'

'Dy weddïau di. Aethon nhw drwy'r nenfwd? I fanno mae'r mwg yn cyrraedd ac i fanno mae gweddïau'n cyrraedd hefyd. A dim pellach. Mi wn i o brofiad. Cyrraedd y nenfwd a throi i lawr yn ôl – fel y mwg.'

'Tybed. Ond falle mai dyna mae gweddi i fod i'w wneud.'

Roeddwn i'n dal i deimlo'n flin wrtho fo am dresbasu.

'Doedd gen ti ddim hawl dod i mewn, wyddost ti. Rydw i wedi cau pawb allan o 'mywyd ers misoedd lawer.'

'Ac wedi methu, mae'n amlwg.'

'Be wyt ti'n feddwl?'

'Shirley. Ydi Shirley ddim yma efo ti? Lwyddaist ti i'w chau hi allan? Naddo, roeddet ti'n gweiddi arni fel ynfytyn pan ddois i i mewn.'

Roedd ei ddefnydd o'r gair ynfytyn fel gwaniad cledd trwy 'nghalon. Ieuan, o bawb, yn defnyddio'r fath air!

Ond roedd o ar gefn ei geffyl. Un tawel, digynnwrf oedd o, ond unwaith y câi o fachiad doedd dim gollwng arno. Plygodd ymlaen gan ddal ei getyn rhwng ei ddwylo.

'Pwy arall wyt ti wedi methu'i gau allan?'

'Neb.'

'Paid â dweud celwydd wrtha i. Ryden ni'n ormod o ffrindiau.'

Ffrindiau! Onid oeddwn i wedi gwadu ei fodolaeth bron heb sôn am ei wadu fel ffrind?

Os oedd y gair ynfytyn yn waniad cledd roedd ei ddefnydd o'r gair ffrind yn llaw gariadus dros fy wyneb.

'Na wna i ddim. Mae llawer yn dod yma – lleisiau gan fwyaf, ymgorfforiad dro arall.'

'Beth am Gwennol?'

'Eisiau mynd oddi yma y mae hi. Mae hi am i mi groesi drosodd ati hi.'

'Dyna pam y triaist ti ladd dy hun?'

Dew, roedd Ieuan yn un craff. Wedi ei deall hi heb unrhyw esboniad gen i.

'Ie.'

'Ac mi fethaist.'

Yr un geiriau â rhai Shirley.

'Do, mi fethais.'

'Oeddet ti o ddifri, ynteu act oedd hi – i dwyllo Gwennol ac i dwyllo dy hun? I dynnu sylw atat dy hun falle?'

'Ond dwi ddim eisiau sylw neb.'

'Nagwyt ti? Dwi wedi dod yma, a dwyt ti ddim wedi fy nhroi i allan.'

'Naddo. Ond doeddwn i ddim eisiau dy weld.'

Safodd Ieuan ar ei draed ac edrychodd o'i gwmpas. Aeth at y ffenestr ac edrych ar yr anhrefn yn yr ardd gefn. Gwelais ei lygaid yn crwydro dros yr holl lanast oedd yno. Yna trodd a gwelodd fwrdd y gegin gefn yn llawn llestri budron. Gwelodd y pentyrrau dillad; gallai gymharu yn ei feddwl efo'r cymhendod oedd yma pan oedd Gwennol yn fyw. Gwelodd, ond ddywedodd o ddim.

Yna eisteddodd yn ôl yn y gadair.

'Mi fyddi'n hwyr i'r oedfa.'

'Mae pwysicach oedfa yma nag yn y capel y bore 'ma.'

Yna, fel pe bai'r llifddorau'n agor dan rym y cerrynt, mi ddywedais bopeth wrtho. Mi adroddais holl hanes y misoedd diwethaf, weithiau'n eistedd yn ôl yn fy nghadair, weithiau'n plygu ymlaen yn eiddgar, weithiau'n crwydro'n ôl a 'mlaen ar hyd yr ystafell. A thra oeddwn i wrthi eisteddai Ieuan yn ei gadair heb symud na llaw na throed. Eistedd fel delw yn edrych arnaf a'i unig symudiad oedd ei fod weithiau yn cau ei lygaid.

Wedi imi orffen roeddwn i wedi ymlâdd, fel pe bai holl waed fy ngwythiennau wedi llifo allan ohonof. Adewais i ddim byd heb ei ddweud, dim o'm meddyliau na'm gweithredoedd. Fe gafodd y creadur y saga a'r breuddwydion, y lleisiau a'r hunllefau i gyd.

Yna tewais ac aros fel pe bawn i'n disgwyl dyfarniad neu gondemniad y meddyg ar fy nghyflwr. Pan dorrodd ar y tawelwch cefais sioc.

'Wyddost ti fod gwraig y gweinidog yn wael?'

Roeddwn i'n fud; roedd ei ymateb mor annisgwyl.

'Ydi, yr hen Issac druan. Mae o wedi tendio a thendio arni. Wedi gwario ar bob math o feddyginiaethau, wedi troi pob carreg, ond y cyfan yn ofer. Mae hi'n marw, Rhys; does ganddi ond ychydig wythnosau i fyw.'

'Biti.'

'Ie, biti. Ond maen nhw wedi cael blynyddoedd hapus i'w ryfeddu. Dyna i ti foi sy wedi byw ei grefydd gydol ei oes. Dyna i ti ddau a sefydlodd eu holl fywyd ar gariad os gwelais i ddau erioed.'

'Ie, roedden nhw'n ymddangos yn hapus iawn.'

Roeddwn i'n ymateb fel sombi.

Safodd Ieuan ar ei draed. Cerddodd at y bwrdd a throdd i'm hwynebu gan bwyso'i gefn arno a chododd ei fys yn fygythiol ataf.

'Ac yr wyt ti,' meddai, a gwawd nas clywais erioed o'r blaen yn ei lais, 'rwyt ti am sylfaenu gweddill dy fywyd ar gasineb. Y ffŵl gwirion. Ddysgaist ti mo'r wers? Dyw casineb yn lladd neb ond ei berchen, a dyw malais yn pydru ymysgaroedd neb ond yr un sy'n coleddu'r malais. Cadw'n fyw er mwyn dial ar Shirley wir! Chlywais i erioed beth mor wirion yn cael ei ddweud.'

'Gwranda, Ieuan . . .'

'Na, gwranda di arna i. Nid un o ansylweddol leisiau dy ddychymyg di ydw i. Rydw i yma, Rhys, yma, gorff, meddwl ac ysbryd. Yma i ddweud tipyn o wirioneddau bywyd wrthot ti. Be wyt ti dwed, lwmp o hunandosturi neu dalp o ragfarn a chasineb? Dyma ti wedi byw fel meudwy am dros flwyddyn, wedi cau pawb allan o dy fywyd, yn flêr a budur a drewllyd, yn byw mewn tŷ sy fel twlc mochyn. Edrych arnat dy hun; edrych o dy gwmpas. Edrych ar y tŷ y byddai Gwennol yn ei gadw mor daclus, mor gymen, y tŷ roedd gen ti gymaint o feddwl ohono a balchder ynddo fo er pan brynaist ti o. Rhys, rwyt ti'n blydi pathetig.'

Fy rhegi! Ieuan yn fy rhegi! Y rheg gyntaf a glywais i o'i enau o erioed! A gwaeth na hynny fy ngalw'n bathetig. Hoff air Shirley amdanaf.

Codais i'w wynebu gan deimlo'r llid yn cochi fy wyneb.

Ond doedd Ieuan ddim wedi gorffen. Roedd yr un oedd mor dawel a digynnwrf yn arferol wedi dod o hyd i'w lais, wedi magu rhyw bersonoliaeth newydd na wyddwn i ei bod yn rhan ohono.

'Dwi yma i ddeud wrthot ti am orffen y job yn iawn, am wneud yn siŵr dy fod ti'n cymryd digon o dabledi y tro nesa. Mi fyddai'n fendith i bawb ohonon ni.'

'Pawb? Pa bawb? Pwy sy'n malio'r un botwm corn amdana i?'

'Mwy nag a feddyliet ti. Ond wrth gwrs dwyt ti ddim eisiau gwybod hynny. Rhagrith yw pob arwydd o gydymdeimlad yn dy feddwl di. Meddwl amdanynt eu hunain y mae pawb yntê? Neb wirioneddol a chonsyrn amdanat. Fel yna rwyt ti'n meddwl yntê? Achos un fel yna wyt ti dy hun.'

Roedd o mor agos i'r gwir, roedd y peth yn rhyfeddod!

'Dwi am ddweud rhywbeth arall wrthyt ti, Rhys. Mae Shirley wedi marw, wedi mynd, a dim ond yn dy feddwl di y mae hi'n bod.'

'Ond os ydi hynny'n wir am Shirley mae'n wir am Gwennol hefyd.'

'Ydi, mae o. Felly penderfyna. Gwneud job iawn o ladd dy hun a rhoi terfyn ar y syrcas wirion yma neu geisio byw yn normal a sefydlu gweddill dy fywyd ar gariad yn hytrach nag ar gasineb.'

'Be wyddost ti am gariad? Chest ti rioed yr un – na chariad na gwraig.'

Gwelais y boen yn saethu ar draws ei wyneb ac ar unwaith teimlais yr edifeirwch rhyfeddaf.

'Mae'n ddrwg gen i, Ieuan. Mae'n wirioneddol ddrwg gen i.'

'Anghofia fo a gwranda arna i. Does dim rhaid i ti gael cymar i wybod be 'di cariad. Dysga'r wers yna taset ti'n dysgu'r un arall.'

'Ond os nad ydi Shirley yn bod fel gwrthrych i'w chasáu, tydi Gwennol ddim yn bod fel gwrthrych i'w charu chwaith.'

'Na, tydi Gwennol na Shirley ddim yma bellach; rhaid i ti eu gollwng nhw. Ond mae cariad yn parhau. Ac roedd yna unwaith gariad rhyngot ti a Shirley on'd oedd, ac mae dy serch di at Gwennol yn rhywbeth sy'n gallu goroesi ei marwolaeth. Pa fath o sylfaen i fywyd yw casineb? Pa fath o sefydlogrwydd sy mewn malais? Dysga fyw efo d'atgofion a chofio'r dyddiau da, a bod yn ddiolchgar amdanyn nhw. Na, chefais i na chariad na gwraig, ond mi gefaist ti. Cyfra dy fendithion, 'ngwas i, yn lle byw fel tase pawb â'i bicell ynot ti. Dysga fyw neu farw'n iawn, wir Dduw, er mwyn pawb, ond yn bennaf er dy fwyn dy hun.'

Aeth yn ei ôl i'w gadair ac eisteddais innau ar ei gyfer. Roedd y ddau ohonom wedi ymlâdd, fel tasen ni wedi bod mewn brwydr. Am funudau lawer doedd dim i'w glywed ond cleciadau arferol y tŷ.

Yna, cododd Ieuan ar ei draed a cherddodd at y

drws. Dechreuais innau godi ond daliodd ei law allan. 'Na, does dim raid i ti, mi agora i'r drws fy hun. Mi wyddost lle i gael gafael arna i.'

A chyda hynny, heb ysgydwad llaw nac amnaid na gair o ffarwél fe aeth, a'm gadael yn y tawelwch.

Rhagfyr 21 1999

Y lluniau i ddechrau. Y lluniau yn oriel fy atgofion;
yn y gegin fyw, y gegin gefn, y cyntedd, y landin, y
llofft. Y lluniau oedd yn record o'i bywyd o'i geni
i'w marwolaeth, y lluniau y ceisiais sugno Gwennol
ohonynt i'w chael yn ôl yn greadigaeth fyw. A'r
ddau lun oedd yn fy llofft i'm hatgoffa o'm
heuogrwydd.

Rhaid eu taflu i gyd. Na, nid eu taflu ond eu
cadw, a dewis un i'w hongian ar fur fy llofft gan nad
yw gollwng yn golygu anghofio.

Allwn i byth wneud hynny, beth bynnag. Ei
gollwng fydd ei symud o ganol fy mywyd i'r cyrion,
ei symud rhag ei bod yn llenwi pob cornel o'm
bodolaeth, pob cilfach o'm meddwl, pob munud
o'm dyddiau; ei newid o fod yn obsesiwn annaturiol
i fod yn atgof prydferth, a chofio mai dynol oedd
hithau ac mai camgymeriad oedd ei delfrydu. Gwn
bellach na allaf ei chael yn ôl. Mae hi wedi mynd;
roedd hi wedi mynd o'r dechrau ond fy mod i wedi
gwrthod ei gollwng. Does dim rhaid i mi deimlo
euogrwydd pan fyddaf yn ei hanghofio. Dyna yw
ystyr ei gadael yn rhydd.

Ac yr ydw i, yn anymwybodol bron, wedi bod yn
ei gollwng beth bynnag. Boddi fy hun mewn
creiriau, fy llethu fy hun gan y cof amdani – dyna fy
addewid i mi fy hun, i Gwennol. Ac eto, dydw i
ddim wedi gwneud hynny dros yr wythnosau
diwethaf yma. Bûm yn anffyddlon i'm merch.

Gadewais i bethau eraill lenwi fy meddyliau – fy atgasedd at Shirley yn enwedig. A ddylwn i deimlo euogrwydd ac a ddylwn i fod â chywilydd o hynny a chael fy nghosbi drachefn, ynteu a oedd ystrydeb y cydymdeimlwyr fod amser yn rhoi ei falm ar bob clwyf yn dechra'u gweithio yn fy mywyd innau hefyd?

Mi ddylswn i fod wedi sylwi'n fwy manwl ar soned Christina Rossetti yn un o'r llyfrau sy'n bentwr blêr wrth fy ngwely; cerdd mewn llyfr a ddaeth y gweinidog imi yn y dyddiau pan fyddai'n ymweld, cerdd yr oedd o wedi sôn amdani wrthyf ac wedi ei darllen imi. Estynnais y llyfr a throi at y soned 'Remember' a darllen:

> But if you should forget me for a while
> And afterwards remember, do not grieve.

'Mae Gwennol yn siarad efo chi yn y gerdd, Rhys,' oedd ei fynych eiriau cysur i mi. Bydd, fe fydd yna gofio, a rhaid cadw'r creiriau ar gyfer yr adegau hynny.

Ei llofft wedyn. Ei llofft yn anad unman. Ei lluniau a'i phosteri, heb eu cyffwrdd, heb eu symud; ei dillad a'i chelfi, ei llyfrau a gêmau ei phlentyndod. Yno i gyd yn yr unig ystafell daclus yn y tŷ. Ei gwely, wedi ei gadw'n union fel y cysgodd ynddo y noson olaf y bu yma – y nos Sadwrn cyn ei marw. Roedd hyd yn oed siâp ei phen ar y gobennydd wedi ei gadw, wedi ei rewi mewn amser, a dau neu dri blewyn hir o'i gwallt yn gorwedd arno fel blodau ar arch. Ei llofft hi oedd hi, yn barod ar ei chyfer pan fyddai'n dod ataf i ddweud ei bod am aros. Y fath syniad ynfyd. Roedd yn rhaid i'r cyfan gael ei chwalu.

Cedwais y lluniau a'r posteri mewn drôr a thynnais ddillad y gwely a'u lapio'n bentwr blêr i'w golchi. Sythais y gobennydd a thynnu ei gwrlid gan deimlo 'mod i'n cyflawni anfadwaith. Ond roedd yn rhaid imi galedu fy nghalon; roeddwn i wedi gwneud y penderfyniad, a doedd dim troi'n ôl. Rhaid oedd ymateb i'r gorchymyn. Daeth pelydr o heulwen i mewn i'r llofft i'm helpu, i ddawnsio'i ddawns o obaith ysgafn ar y pared ac i godi fy ysbryd innau, ysbryd oedd mewn peryg o suddo drachefn i'r dyfnderoedd oedd wedi bod yn breswylfod iddo am gyhyd o amser.

Agorais ffenestr ei llofft led y pen ac edrych allan. Agorais y llenni i gyd a gwyddwn na fyddai'r pentrefwyr a âi heibio fawr o dro yn sylwi ac yn adrodd y newyddion. Nid drwg o beth. Byddai'n arbed unrhyw gyhoeddiad gen i.

Roedd cannwyll yn ffenestr ei llofft, ac mi ddiffoddais honno, a'r canhwyllau eraill oedd o gwmpas y tŷ. Fyddai yna ddim newid ac ailoleuo canhwyllau bellach. Byddai'r ddefod yn cael ei chyfyngu i gynnau cannwyll mewn eglwys, hynny a cheisio cynnal fflam fy ffydd.

Erbyn amser cinio roedd pob arlliw o Gwennol wedi diflannu o'r tŷ, i finiau, i fasgedi sbwriel, i focsys, i ddroriau. Roedd fel petai'r S.S. wedi llwyr glirio ghetto fy atgofion. Gwangalonnais droeon. Sefais yn fy unfan yn syfrdan fwy nag unwaith, a'r chwys yn ddafnau ar fy nhalcen, fel dagrau'r brofedigaeth. Oedd yr hyn a wnawn yn ysgeler?

A ddeuai ei hysbryd i ddial arnaf? A welwn hi ryw noson yn nrws fy llofft yn pwyntio bys achwyngar ataf? Yna deuai llinellau'r soned i'm hannog ymlaen:

Better by far you should forget and smile
Than that you should remember and be sad.

Roedd yn rhaid imi gredu eu bod yn eiriau a lefarwyd gan Gwennol.

Roedd y penderfyniad wedi ei wneud a doedd dim troi'n ôl. A phan simsanwn deuai geiriau'r gweinidog ar draws yr wythnosau a'r misoedd fel galwad utgorn yn fy symbylu i'r frwydr i adfer fy mywyd ac adfer fy ysbryd – 'Gollyngwch hi! Gollyngwch hi! Gadewch iddi fynd!'

Ond mae ei gollwng yn golygu mwy na gweddnewid ystafelloedd y tŷ. Mae angen adfer fy mherthynas ag amryw o bobl hefyd: y cymdogion yr wyf wedi eu diystyru, aelodau o'r teulu yr wyf wedi troi cefn arnynt am y teimlwn fod eu geiriau yn eiriau gwag, am na allai plu ysgafn eu hystrydebau fyth blymio i waelod pydew fy anobaith i. Gwneud eu gorau yn ôl eu gallu yr oedd pawb a geisiodd fy helpu, a bydd yn rhaid i mi lyncu fy malchder a chydnabod hynny.

Bydd yn rhaid imi fynd i weld Mared i erfyn am ei maddeuant, i gymodi. Mae ganddi hi a fi fwy na neb yn gyffredin rhyngom.

Rhaid imi achub fy nghyfeillgarwch efo'r gweinidog a Ieu. Rwyf heddiw'n gwrido wrth feddwl am y ffordd rwyf wedi eu trin. Eu ffonio i ddweud nad oedd arna i eisiau iddynt alw! Y ddau fu ffyddlonaf imi! A difrïo Ieu pan ddaeth i'm gweld. Rhaid fy mod yn wallgo i wneud y fath beth. Ond, wrth gwrs, yr oeddwn i, ac fe fydd o'n deall. Af i weld Issac Morgan y gweinidog, i weld ei wraig. Fe fydd cyflawni hynny yn brawf imi dorri allan o amdo'r galar y lapiais fy hun ynddo am yr holl amser. Ie Rhys, ond nid gwneud hynny er mwyn profi unrhyw beth i ti dy hun chwaith, ond gwneud hynny er mwyn eraill yntê. Ie, nid hawdd imi yw llwyr ddiosg croen fy hunanoldeb.

Wedi diwrnod caled o waith, rwyf wedi blino'n lân. Ond rwyf wedi llwyddo i roi peth trefn ar y tŷ a threfn arnaf fy hun, a threfn ar fy meddwl. Mae cymylau pryder uwch fy mhen o hyd, pryder fod y clirio hwn, y newid meddwl hwn, y gollwng hwn yn rhan o'r colli pwyll – pryder y byddaf fory yn deffro gyda'r un teimlad o ddigalondid llwyr.

Bydd yn rhaid i mi gael siâp newydd i'm byw, i'm bywyd. Bydd yn rhaid imi gael y cydbwysedd iawn rhwng profiadau'r presennol a'r atgofion am a fu, rhwng ddoe a heddiw. Ystyr gollwng Gwennol yw sicrhau ei bod yn cymryd ei lle yng ngwead patrwm fy mywyd, ond mai un edefyn, os yr edefyn pwysicaf, ymhlith llawer ydyw.

Ac wrth imi baratoi ar gyfer mynd i'r gwely daw brawddeg y deuthum ar ei thraws yn y dyddiau pan oeddwn i'n darllen yn ôl i'm meddwl. Brawddeg yn disgrifio pobl yn mynd adref o eisteddfod – 'pawb yn mynd adre, pawb dros ei fynydd ei hun'. Do, bu fy mynydd i'n un serth, ac nid mynydd yn unig. Bu fy mywyd yn ddryswch mewn coedwig, yn suddo mewn cors, yn grafangu ar greigiau a hynny yn niwl fy nhrueni, niwl oedd yn gyndyn o godi am y rhan fwyaf o'r daith. Mae cenfigen at y rhai a gafodd eu mynydd yn un mor esmwyth â throedio ar fwsog wedi fy mygu lawer tro. Ond heddiw rwy'n teimlo'n fwy na choncwerwr, wedi goroesi, wedi cario'r dydd.

Ond cysylltu â Ieu a wna i gyntaf. Mor bell yn ôl yw'r dyddiau da! Ond mor braf oedden nhw! Ieu a minnau'n mynd allan i fwynhau pryd o fwyd! Tydw i ddim wedi gwneud hynny ers colli Gwennol. Wedi'r drychineb roedd fy mwyta yn fwyta i fyw yn unig, a'm siopa yn daith lechwraidd ar adegau tawel i'r archfarchnad, lle y symudwn o gwmpas y silffoedd fel llygoden fawr ar sgawt am sborion. Sefyll yn y ciw wrth y til, gan ledwenu ar ambell un os byddwn i'n ddigon anlwcus i ddal eu llygaid, y wên wneud oedd yn boen i'r gên ac yn rhewi fy wyneb. Yna brysio adref a bwyd am fis ym mŵt y car. Cadw'r cyfan yn y rhewgell a'r cwpwrdd a'u hestyn bron yn awtomatig pan gyhoeddai'r cloc ei bod yn amser pryd bwyd.

Ond nos yfory mae gen i awydd mynd allan i wledda. Mi godaf y ffôn a galw ar Ieu. Fe gaiff o sioc wrth glywed fy nghynnig, ond gwn mai sioc bleserus fydd hi. Awn ni i'r dref a chaiff Ieu rannu fy llwyr gatharsis; caiff fod yn dyst i'r metamorffosis. Talaf am bryd o fwyd iddo, y cyntaf wedi'r gollwng, ac fe awn ni allan wedyn yn rheolaidd bob wythnos, i ddathlu'r swper cyntaf hwn a'i droi'n rhyw fath o sacrament.